CONTOS
DO CÉU E
DA TERRA

Ruth Guimarães

CONTOS DO CÉU E DA TERRA

COPYRIGHT © FARO EDITORIAL, 2021
COPYRIGHT © HERDEIROS DE RUTH GUIMARÃES, 2021.

Todos os direitos reservados.
Nenhuma parte deste livro pode ser reproduzida sob quaisquer meios existentes sem autorização por escrito do editor.

Diretor editorial **PEDRO ALMEIDA**
Coordenação editorial **CARLA SACRATO**
Preparação **ARIADNE MARTINS**
Revisão **LUCIANE H. GOMIDE**
Projeto Gráfico **VANESSA S. MARINE**
Capa e diagramação **VANESSA S. MARINE**
Imagem de capa **OLLYY | SHUTTERSTOCK**
Imagens internas **VANESSA S. MARINE**

Dados Internacionais de Catalogação na Publicação (CIP)
Angélica Ilacqua CRB-8/7057

Guimarães, Ruth,
    Contos do céu e da terra / Ruth Guimarães. — São Paulo : Faro Editorial, 2021.
    144 p.

    ISBN 978-65-5957-079-9

    1. Contos brasileiros 2. Folclore – Literatura brasileira I. Título

21-3671   CDD B869.8

Índice para catálogo sistemático:
1. Contos brasileiros

1ª edição brasileira: 2021
Direitos de edição em língua portuguesa, para o Brasil, adquiridos por FARO EDITORIAL

Avenida Andrômeda, 885 — Sala 310
Alphaville — Barueri — SP — Brasil
CEP: 06473-000
www.faroeditorial.com.br

Sumário

Apresentação — Marco Haurélio   13

Mastrilhas   19
O ladrão Gaião   29
O Natal de Ião Polaco   41
São Lourenço, Barba de Ouro   49
Os grãos de milho   53
O serrote de São José   57
A proteção de Santo Antônio   61
Quem vê cara...   67
No começo do mundo   75
A mulher que queria ser imortal   81
A teia da aranha   89
Malazarte e o milagre de Jesus   97
O moinho mágico   109
Quem planta vento...   113

Sobre os contos: confrontos e notas — Marco Haurélio   121

Apresentação

*Marco Haurélio**

Os contos religiosos, batizados por Oswaldo Elias Xidieh de "narrativas pias populares" em seu estudo que abarcou contos da área rural e de algumas áreas urbanizadas de São Paulo,** aproximam-se das lendas por apresentarem personagens ou situações que, ainda que não sejam autenticadas pela História, são presumidas como ocorridas em um tempo impreciso, ou *in illo tempore*. Mesmo quando tais narrativas abarcam a vida de santos, ecoando a *Legenda aurea*, de Jacopo de Varazze, e os evangelhos apócrifos, além do

---

* Baiano de Riacho de Santana, escritor e pesquisador das tradições populares, tem promovido, desde 2005, recolhas de gêneros da tradição oral, dedicando especial atenção aos contos populares. Autor, entre outros livros, de *Contos folclóricos brasileiros* (Paulus), *Vozes da tradição* (IMEPH) e *Breve história da literatura de cordel* (Claridade).
** Cf. XIDIEH, Oswaldo Elias. *Narrativas pias populares*. São Paulo: Instituto de Estudos Brasileiros – USP, 1967.

vasto e longevo ciclo de lendas piedosas, expandido e realimentado ao longo de séculos, os informantes, melhor dizendo, as fontes, não os localizam no tempo; e o espaço, ainda que localizável, é vago e impreciso, como os reinos dos contos maravilhosos. Por vezes, tempo e espaço se tornam excessivamente flexíveis, a ponto de Jesus e São Pedro, retratados sempre como peregrinos andrajosos, baterem à porta de um caboclo, sendo generosamente acolhidos para, em seguida, serem expulsos ou maltratados por um homem de posses.

Ruth Guimarães, ao compendiar os contos que integram a presente coletânea, costurou habilmente dois de seus muitos condões de polígrafa: a escritora, que sempre emprestou os ouvidos à escuta amorosa, de que nutria suas páginas no campo da ficção; e a etnógrafa, cuja erudição, ainda na quadra primaveril da vida, assombrou Mário de Andrade. E segue a nos assombrar, quando deparamos, por exemplo, seus périplos por mundos aparentemente distintos, mas que se revelam em sua unidade original. Isso ocorre especialmente no estudo sobre a presença do sobrenatural no Vale do Paraíba, em *Os filhos do medo*, obra impossível de ser delimitada, abarcando várias áreas do saber e avançando corajosamente para os domínios literários. Afinal, para a mestra vale-paraibana, a literatura da voz é tão importante quanto a outra, a formal, por vezes rígida, que dela deriva, embora, por vezes, negue qualquer filiação.

A leitura destes contos, alguns de teor lendário, convida-nos a agradecer a quem, durante sua jornada na terra, fez da faina intelectual a razão de sua existência, nutrindo-se e nutrindo-nos de histórias que, universais em essência, particulares em ambiência, linguagem, pormenores, parecem ter saltado de um sonho abraçado por muitas coletividades para as salas e os alpendres do Brasil interior. O Brasil que Ruth Guimarães amou e que, aos poucos, a redescobre.

Mastrilhas

Mastrilhas era o ladrão mais malvado do mundo. Homens de barba na cara tremiam só de pensar em atravessar a floresta e dar de encontro com ele, na noite. Mandava chicotear os ricos comerciantes de quem tomava o dinheiro. Queimava carruagens. Fazia correrem nus, para fora do seu reino de terror, os grandes dignitários que, por infelicidade, por ali tinham sido obrigados a passar.

E porque assim abusou da sorte, e como ofendeu gravemente os poderosos, tanto o perseguiram que o capturaram.

Lá se vai Mastrilhas, extinto na boca o riso largo. Os soldados do rei vão o espetando com a ponta do sabre, rancorosos. Tem as mãos amarradas na frente. Pesados os pés. Gente guardando-o de todos os lados, com armas, onde, ao sol, brincam relâmpagos. A chispa de seu olhar de fera, os soldados andam mais depressa e o empurram atabalhoados, com medo.

Lá se vai Mastrilhas. Nas abertas do mato, olhos duros de bandidos espiam e os homens fora da lei estão prontos a saltar na estrada, à menor negligência dos captores. Porém, ninguém se descuida. Os soldados do rei são legião, têm as armas prontas, o olho vivo, o ouvido atento, a mão armada em bote.

Lá se vai Mastrilhas.

Foi enforcado entre urros da população, e, ao que parecia, ninguém teve piedade. Estava um dia radioso, de sol e risos. Moças passeavam de vestido novo, namorados se contemplavam num enlevo, sem pensar no justiçado.

E assim, lá se foi Mastrilhas.

Num cantinho da praça, às escondidas, uma pobre de Deus enxugou uma lágrima, pensando no dia em que Mastrilhas lhe enchera as mãos de prata, para que ela comprasse pão. Um homem se perguntou como poderia ser criminoso de forca o homem que o tinha ajudado a atravessar o rio em noite de tempestade.

— Salvou a vida de meu pai — aparteou outro.

— Foi, eu sei. Arriscou a vida, lutando com os remos, aos urros — o outro contou. — Cortava a onda raivosa a golpes desesperados. Mas trouxemos o doutor. Eu, que sou o barqueiro, não teria me arriscado tanto.

— Sem socorro, o caso seria de morte. Salvou meu pai.

Outros acrescentaram que Mastrilhas acariciava as crianças com a mão tão pesada e berros de alegria tão súbitos que as fazia gritar. Mas as crianças não o temiam.

— Com essa brutalidade?

Não temiam mesmo. Ele gostava de crianças, qualquer um sabia disso. Elas o seguiam por toda parte, caladinhas, correndo ao menor de seus ímpetos e acudindo em seguida ao seu alegre assobio.

— Por isso não vejo crianças aqui hoje.

— Nenhuma. Como poderiam vê-lo morrer?

Chorou por ele a mocinha que o via tão generoso, de coração aberto, amigo de festas e de música. E chorou o velho padre que, por uma coisa de nada, nele confiava.

— Você não pode estar calejado no crime, Mastrilhas, sendo tão devoto de São José. Por que não deixa essa vida?

Uma sombra de melancolia velou os belos olhos negros do bandido.

— Deixa pra lá, padre. Agora é tarde.

Volveu a rir, enquanto despejava na sacola da igreja todo o seu dinheiro, para os pobres de São José.

Foram dizer ao padre que Mastrilhas rezava todos os dias, todos, sem faltar um, para São José. O carrasco, que ouviu, completou:

— Foi pra São José que ele se encomendou ao morrer. Chorou muito. Estava chorando quando lhe passei a laçada ao pescoço.

— De medo?

— Não. De arrependimento.

O padre abanou a cabeça, murmurando:

— Que pena!

E lá se foi Mastrilhas. Acabou-se. Foi esquecido.

Entrementes, o outro julgamento ia começar.

Assim que morreu, encontrou-se Mastrilhas numa encruzilhada, escolheu um dos caminhos ao acaso, e foi parar direitinho na porta do inferno. O Diabo, quando ele ia chegando, botou a carantonha no portão e gritou, de mau humor:

— Pare aí, seu! Aonde vai indo? Seu lugar não é aqui, não. Gente que só anda chamando José, José, não fica aqui. Vá lá com ele.

— Pois eu vou.

Enquanto Mastrilhas virava as costas e retomava o caminho, com decidido passo, o Diabo ainda gritou:

— Chorou pra morrer, tamanho homem! Arrependido... Buuuuuuu!

Mastrilhas desfez todo o caminho andado, tomou o outro na encruzilhada e foi ter ao céu.

São Pedro bateu-lhe com a porta na cara.

— Não pode entrar!

— Quem está aí? — perguntou São José, que, no jardim, junto à porta, cuidava, tranquilo, dos seus canteiros de bastão perfumado.

O velho chaveiro bufou, enraivecido:

— Imagine! O Mastrilhas! Tem cara! Depois de tudo quanto fez, vir bater na porta do céu.

— No inferno não me quiseram. Eu fui lá! — informou Mastrilhas, gritando do lado de fora.

— Está vendo? Nem no inferno...

São José largou a ferramenta e pediu:

— Pedro, procurando bem, será que não há um jeitinho? O Mastrilhas é gente minha.

— Não entra! — resolveu São Pedro, de mau modo.

— Um devoto meu não deve ir para o inferno.

— Não entra! — repetiu o chaveiro, categórico.

Aí São José se queimou.

— Não entra, por quê?

— Porque não entra. Está imundo de pecado. Isso desmoraliza, José, tem dó! Não podemos deixar qualquer Mastrilhas entrar no céu. Se continuar desse jeito, o ambiente aqui vai cair muito. Entrar no céu é privilégio, é prêmio da virtude, ora essa! ... O Mastrilhas!

Entra, não entra, foram consultar o Senhor.

— Com efeito, José — respondeu o Altíssimo cofiando a barba —, o teu protegido não está em condições de entrar.

— E o arrependimento, na hora da morte? Que prometeste Tu aos eleitos?

— É um minuto contra uma vida.

— Mas não é um minuto, Senhor. Durante a vida, deu esmolas...

— ... Com dinheiro mal ganho.

— Poderia tê-lo gastado pior...

— Como poderia tê-lo ganhado melhor.

— Foi um menino perdido. A mãe morreu quando ele nasceu. O pai era um salteador. Cresceu no bando. Que poderia ser? Que poderia fazer? Onde está Tua justiça?

— Nem todos os filhos de bandido seguiram a sua suja trilha. Bem que o padre tentou levá-lo ao bom caminho. Não dá para entrar.

— E a Tua misericórdia?

O Senhor não respondeu. Apenas meneou a cabeça.

Então, São José ameaçou:

— Está bem. Tu mandas. Mas, se Mastrilhas não entrar, saio eu.

— Como quiseres, meu bom José, aqui não podemos abrir precedentes perigosos.

— Saindo, levo tudo quanto me pertence.

— Claro. Bem poucos são os teus pertences: a banca de carpinteiro, que, afinal, nem usas. É o teu filho que anda lá. As flores, leva tudo. É pena que não queiras ficar. Já nos tínhamos acostumado à tua companhia. Escolhe o lugar que quiseres, por todo o vasto mundo. Tudo é teu. Instala-te à vontade, onde te aprouver.

— Mas levo o que é meu.

— Sim, leva.

— Levo Maria Santíssima, que é minha mulher.

— Devagar! — disse o Altíssimo.

— Como ela vai a sua corte de onze mil virgens...

— Não...

— São da corte de Maria, como sabes.

— És mais rico do que eu supunha.

— São Joaquim e Santana não quererão ficar, já que a filha foi banida.

— Banida? Que linguagem! Mas se és tu que a levas, por teu gosto e vontade. Por causa de um salteador de segunda... São Joaquim, disseste? Vou ficar sem um amigo, para falar dos velhos tempos.

— E Santa Isabel, com São Zacarias, primos com quem ela sempre se deu. São parentes muito próximos. Lembra-Te que, quando estava para nascer o menino...

— Sim, lembro-me.

— E levo o Filho.

— O quê?

— O Filho.

— O Filho é meu, José. Que conversa é essa? Apenas o confiei à tua guarda, enquanto era menino.

— Sinto por Ti. Por nossa amizade que já conta milênios. Maria vai insistir. Marta, Madalena e Lázaro irão sair naturalmente, e os doze apóstolos, mais os setenta. Questão de solidariedade. E os santos mártires das arenas romanas e os Dez mil de Saragoça.

— Sem o Filho, acaba-se a Santíssima Trindade. Ficamos aqui somente o Pai e o Espírito Santo. E os anjos e arcanjos. Talvez alguns santos.

— O Espírito Santo acompanhará o Filho — contestou José. — Esteve com Ele no seu martírio. Santos e anjos virão, não Te impressiones. E o Pai...

— Chega! — clamou o Pai. Não posso consentir que o céu fique vazio. Ainda acabas provando com teus argumentos capciosos que Eu, o Pai, tenho que sair também. Manda entrar o Mastrilhas.

São José dissimulou o sorriso por trás das barbas e se abanou com o seu bastão perfumado. A polêmica lhe dera calor. Ufa!

Enquanto São Pedro escancarava as portas luminosas, o coro dos anjos entoou o cântico triunfal com que são recebidos os justos no Paraíso.

~~~~~~~~~

No capítulo das histórias, o filão mais rico é o dos contos de exemplo. Eles nasceram da alma do homem. Têm raízes dolorosas que ninguém nem nada no mundo conseguirá extirpar. Vêm do velho sonho humano de justiça e equidade, de que também nasceram o céu e o inferno.

Dizemos que o filão mais rico é dos contos de exemplo, sem contar, naturalmente, as fábulas, que têm exemplo consciente, propositado, e cuja presunção fundamental é ensinar.

Assim, se examinarmos brevemente o folclore universal, veremos exemplos de castigos da ambição, como no conto do lenhador que derrubou o machado no rio e na história dos dois corcundas. Castigo da leviandade e da inconsequência, na série de recontos "o afilhado do diabo". Castigo da inveja, no ciclo da madrasta má, como a que existe no conto da gata borralheira.

Castigo da desobediência, na história do Capuzinho Vermelho. E ainda são castigados a cólera, a preguiça e o excesso de boa-fé, este último tão pecado quanto os maiores que clamam aos céus vingança. A avareza e a maldade são punidas, na maior parte dos contos do ciclo de Malazarte.

Os contos de exemplo do ciclo demoníaco refletem, entre outros temas, o defeito bem nacional, brasileiríssimo, da gabolice. E o conto se volta para o sestro nosso de falar muito sem pensar no que dizemos, e também contra o hábito de irmos fazendo coisas sem medir as consequências.

O ladrão Gaião

Era uma vez, no fundo do tempo, um famoso ladrão. Forte, pele curtida de sol, cabelos compridos anelados, um brinco na orelha esquerda, riso largo e cruel de fera jovem — ladrão Gaião era chamado. Do lado o alfanje. No cinto, a guaiaca de dinheiro roubado; nos pés, as sandálias de couro. Palmilhava os caminhos com poderoso passo e era tão temido quanto odiado. Ninguém passava pelas florestas, onde ele era o rei sem coroa, a não ser os companheiros, tão malvados quanto ele. Homens e mulheres tremiam ao ouvir-lhe o nome. As mães ameaçavam os filhos recalcitrantes: "Olhe, que eu vou chamar o ladrão Gaião…".

Por esse tempo, em certa choupana, na orla da floresta, nasceu em meio a vasta miséria uma criancinha que, mal abriu os olhos, tremeu, suspirou, morreu. Água lustral de batismo não deu tempo que se lhe derramasse na cabecinha sem culpa. Morreu e foi a pequenina alma voando até alcançar o paraíso. Um anjo entreabriu a porta.

— Não podes entrar, amiguinho. O Todo-Poderoso não permite.

E, como visse o olhar desolado da alminha, o anjo depressa acrescentou:

— Há uma maneira. Enche esta taça com água pura, água da terra, de onde vieste. É para que te purifiques de nela teres estado. Vai!

A mão se estendeu com a taça.

— Que teus passos sejam ligeiros, o vento te conduza, o sol te aqueça brandamente, as árvores te ofereçam a sua sombra e os homens te reservem boas palavras. Volta logo!

O menino apanhou a taça e iniciou a longa caminhada. A princípio depressa, ao embalo do vento. O primeiro murmúrio de regato lhe encheu de alegria o coração. Abaixou-se na margem e mergulhou o copo entre as pequenas pedras cinzentas e negras que semelhavam jabutis cascudos. A água, que parecia cristal, ao sol, no copo se turvou.

E, depois disso, sempre foi assim. Em riacho ou lago, mar ou correnteza, mal o menino enchia a taça de mil sóis que o anjo lhe dera, fosse a água mais clara, se tornava negra e impura. Nenhuma ele desdenhou. Tomou a espuma das cachoeiras, a onda azul, a gota na folha verde, o orvalho na pétala. E onda e espuma e chuva e nuvem, nenhuma água era límpida quando se aquietava no vaso miraculoso. O menino voltava-a contra a luz e gemia:

— Ai, meu Deus!

Já não andava ligeiro, ao ritmo do canto dos pássaros e da múrmura voz dos rios. Deu de se lamentar pelas estradas:

Hoje mesmo nasci,
Hoje mesmo me criei,
Hoje mesmo morri,
E hoje mesmo me perdi.

Às vezes se interrompia, para, mais uma vez renascida a esperança, mergulhar a taça em alguma fonte. E para suspirar mais uma vez, desenganado:

— Ai, meu Deus!

Ladrão Gaião, o sanguinário, depois de uma noite de combates, modorrava à entrada do seu esconderijo, ao sol, quando ouviu a queixa do menino.

— Hoje mesmo nasceu — repetiu ele pensativo —, e hoje mesmo se perdeu... O que será de mim, então, que sou tão pecador?

Pensou e se pôs a chorar sobre a sua tortuosa vida, encoscorada e abominável. Desciam-lhe as lágrimas em fio pelo rosto devastado. O menino ia passando por ele, viu as lágrimas e aparou-as na taça. Olhou-as contra o sol: era água diáfana, como a névoa e a nuvem.

Libertado, subiu para o céu o meninozinho. Os caminhos deixaram de ressoar com o seu canto lamentoso. Mas o ladrão Gaião não o esqueceu. Entre gemidos e pranto, sofria a amarga dor de ter perdido o paraíso. Depois de muito meditar, resolveu pagar com sofrimento todo o sofrimento que houvera causado. Chamou o seu cabo de tropa, rude como ele, forte como ele, duro de coração como ele tinha sido.

— Você tem coragem de me matar? — foi logo perguntando.

— De jeito nenhum, chefe!

— Mas é preciso.

E expôs-lhe o plano. Ao terminar, também tinha os olhos molhados o bandoleiro de sua confiança.

— Vamos lá, chefe! Se tenho que o fazer, acabemos com isso.

E foi cortando o ladrão aos pedacinhos, enquanto o grande bandido gemia e suspirava, a cada golpe suplicando o perdão de seus muitos pecados. Até que sucumbiu.

Morreu, e, como penhor da misericórdia divina, os anjos vieram buscá-lo. Levaram-no em charola para o céu, com muita alegria e muito ruflar de asas, muitos hosanas, muitas aleluias. E houve festa no céu. O que se diz festa. Jamais houve perfume em parte alguma igual ao que se desprendia das caçoilas de prata, onde ardia o incenso. Jamais música suavíssima como o coro dos anjos tinha embalado os sonhos mais doidos de alguém aqui na terra. Jamais a luz foi tão esplendorosa.

Muito distante, num deserto, vivia um monge solitário. Desaprendera a língua dos homens, porque só falava com os anjos. Longe de qualquer habitação, entre feras e insetos, ao cegante clarão do sol na areia, e ao queimar do solo calcinado, tinha de seu o burel esfarrapado, nenhum teto, sombra apenas a das pedras entre as quais vivia, como um sapo sob o seu baldrame. Crescia-lhe intensa e suja a barba em desalinho. As unhas eram compridas como garras. Volvia continuamente os olhos para o céu, e, nos lábios, a prece era contínua.

Comia pela mão dos anjos. Todos os dias, quando o sol a pino lhe desenhava a sombra em torno dos pés, lá vinham eles, os anjos, trazer-lhe a ambrosia celeste, alegremente, num suave ruflar de asas e perdidos de riso, os alegres mensageiros do Senhor.

No dia da festa, atrasaram-se. O eremita alongou o olhar pelos caminhos do céu e mais uma vez consultou a sombra que se lhe distanciou dos pés, e se alongou. A luz cambiou do branco-azulado para um tom de ouro. A brisa fresca do princípio da tarde já se fazia sentir, quando eles vieram alvoroçados.

O santo os recebeu rabugento:

— Vocês já ficaram brincando pelo caminho outra vez? — ralhou, quando os anjos chegaram.

— Não, senhor. Hoje nós demoramos porque houve festa no céu.

— Festa? — estranhou o asceta, que entendia mais de penares e sacrifícios que de folguedos.

— O senhor não soube da morte do ladrão Gaião?

E um dos anjos contou tudo. Como dos lábios do bandido brotavam lindas palavras, durante o seu voluntário suplício.

— "Seja tudo pelo amor de Deus!", ele dizia. Até que morreu e foi perdoado. E a festa, ninguém a esquecerá por toda a eternidade, porque há mais regozijo no céu pelo arrependimento de um pecador do que por cem justos que nunca pecaram. Pois sim, senhor, fizemos uma grande festa.

O santo teve um pequenino pensamento vaidoso: "Se o ladrão Gaião, que era tão pecador, se salvou, e teve a sua festa no céu, e eu, então, que já como pela mão dos anjos...".

Pois bem, eles se foram em alegre revoada.

E nunca mais voltaram.

PARA COMPARAR:

Entre a Normandia e a Bretanha, vivia, em pecado, um poderoso proprietário, orgulhoso e cruel. Numa Sexta-Feira Santa, ele se recusou a fazer a penitência que todos deveriam fazer, e um santo eremita lhe deu um barrilzinho, dizendo-lhe que o fosse encher de água limpa e clara em qualquer riozinho, ali por perto. Era uma tarefa que parecia fácil, e ele foi, achando até graça em trabalho tão simples.

— Prometes não voltar sem ter cumprido fielmente o que te peço?

— Prometo.

— Palavra de honra?

— Por minha honra, santo homem!

E lá se foi, feliz da vida. "Isto é lá penitência?"

No primeiro rio, nem reparou se a água estava limpa ou suja. Mergulhou o barrilote, e quando o puxou para cima, não trazia nem uma gota de água. Por mais que fizesse, por mais que mergulhasse o pequeno barril no rio, ele sempre saía vazio. Foi a outros rios. Trabalho perdido. Preso ao juramento, percorreu o mundo à procura de água que parasse no barrilote encantado. Porém, como o arrependimento não havia tocado a sua alma, a vasilha não se enchia jamais.

Assim um ano se passou. No começo, ele se encolerizava; depois, encheu-se de teimosia. Sofreu horrores. Além das decepções, frio, fome, suportou insultos, tormentos. Ao fim de um ano, nada tendo conseguido, voltou à ermida. Revendo-o enfraquecido e miserável, o ermitão gemeu com ele. A essa dor sincera, a essa compaixão, comoveu-se por fim o homem. Sua alma se abriu ao arrependimento, uma lágrima se lhe escapou dos olhos e caiu dentro do barrilzinho. E, ó! Maravilha das maravilhas! Ó, milagre! Ó céu dos tristes! A lágrima cresceu toda prata e sol e, marulhando, subiu até as bordas do barril, e lá ficou aquietada afinal, como um lago tranquilo.

Gaião é um topônimo frequente na Galícia, sob as formas "Gayan" e "Gaiom". Naquela região, conta-se a lenda de Dom Gaião, nobre fidalgo devasso e cruel, que o arrependimento conduziu à religião tida como verdadeira. Remonta a fontes apologéticas medievais, compiladas com as lendas de senhores perversos, como Dom Lobo, Roberto do Diabo e outros.

No sertão do Cariri, conforme pesquisa de Francisco de Assis de Sousa Lima, Prêmio Sílvio Romero de 1984, corre uma versão intitulada "O beato da travessia ou História da justiça divina". É uma narrativa exemplar, maravilhosa, em que comparece um anjo para ajudar um pecador impenitente. Foi filiada pela estudiosa Ruth Terra ao conto "O eremita e o anjo", corrente no Nordeste, do qual a autora dá uma única variante, e remonta sua origem a fontes árabes e judaicas. Em essência, e na caracterização dos personagens, o conto é confirmação da misericórdia e da justiça divinas.

O nome Gaião pode ser aumentativo de Gaio (do latim Caius). "... ouvymos que o foy Gayo Soplicio.", conta-se um caso de 1402, de Pero Afonso, de Gaya.

Em 1418, os processos da Inquisição mencionam Johan Guayo, ourives.

Entre os contos de Afanásiev, há um em que se conta a estória do soldado sujo cuja penitência seria ser cortado em pedacinhos e fervido num caldeirão, com a água da vida e da morte.

E conta Aurelio M. Espinosa que havia um ermitão, um santo, um homem tão virtuoso que era assistido pelos anjos do céu. Eles o alimentavam, faziam-lhe companhia, contavam-lhe as notícias mais recentes do céu. Certo dia, quando a prosa ia mais animada, passou um homem preso, carregado de grilhetas. O santo homem comentou: "A esse leva-o o Diabo". E os anjos: Vuuu! Lá se foram pelo céu afora. Nessa noite, Deus apareceu para o ermitão em sonho e lhe ordenou que saísse pelo mundo em penitência. Para viver, que pedisse esmolas de porta em porta. E passaria frio, fome, vexames, até que de um galho santo, que encontraria junto à porta no dia seguinte, brotassem três ramos verdes. Foram vários os anos de penitência. Muito sofreu o monge, nas andanças por um mundo hostil, até que chegou à caverna de três ladrões. Eles o receberam de bom modo, deram-lhe uma sopa e o entretiveram à noite, contando-lhe suas aventuras. O monge tinha só um caso para contar: que perdera a graça de Deus, por causa de um comentário maldoso. Ouvindo isso, os três ladrões se calaram, suspirando. Pensavam em seus crimes, que mereceriam certamente um grande castigo. O arrependimento lhes trouxe lágrimas aos olhos. O pranto caindo sobre a haste seca fez brotar nela três ramos verdes, com que o monge conheceu que não somente ele estava perdoado, mas também os seus três amigos bandidos.

Conta Tolstói que um pobre sapateiro, ao acordar pela manhã, abriu a porta da cozinha e encontrou enrodilhado na neve um homem nu, o mais belo que seus olhos jamais haviam visto. "Que terá feito essa pobre criatura para estar assim, inerme e abandonada?", indagou-se. Recolheu-o em sua casa, deu-lhe de comer, ensinou-lhe o ofício de sapateiro e o moço passou a fazer parte da família. Era calado e sereno. A fama do sapateiro começou a crescer. Cada sapato que saía da sua oficina era macio, durável e flexível como a correnteza. Os negócios prosperaram, a família se alimentava todos os dias, já ninguém mais se lembrava das roupas em trapos e dos dias sem pão. Até que um dia apareceram três homens na pequena oficina e ficaram olhando o moço trabalhar. Com ele, ao lado do seu cotovelo direito, dentro de um copo com água, estavam três hastes secas. Ali estavam desde o dia em que o moço fora encontrado caído ao pé da porta, nu como nascera, em meio à neve. De súbito, das três hastes brotaram três ramos verdes. O moço pela primeira vez sorriu. E sorrindo levantou-se, desenvolveram-se asas no seu torso liso, a roupa se tornou alva como a nuvem, e o sapateiro, por mais que esfregasse os olhos, não viu mais o moço, nem os recém-chegados. Apenas uma voz lhe soprou de leve ao ouvido: "Adeus, meu amigo, meus pecados foram perdoados".

Todos esses contos pertencem a um maravilhoso muito particular: o miraculoso, preso às tradições da Igreja e aos conceitos de expiação e perdão.

É em Anatole France que se encontra o relato do acontecido em terras de França, em que a floração na noite santa de Natal premia as almas sem pecado.

Rosas brancas brotam na sepultura de um irmão leigo, ignorante, mal tolerado numa ordem religiosa, encarregado dos trabalhos mais humildes e penosos. Em cada pétala estava escrita a saudação: "Ave-Maria!". Tão primitivo e rude era esse irmão que jamais conseguiu aprender as orações das vésperas e das matinas, e somente dizia: "Ave-Maria", curvando piedosamente a cabeçorra. Cavaram-lhe a sepultura e viram que a roseira tinha raízes no seu ingênuo coração.

É conhecida a lenda europeia que descreve o Natal do salteador e seus filhos, em meio a flores maravilhosas, apesar da neve e do frio reinantes fora da floresta. Tudo desaparece por encanto, às palavras de um sacerdote de coração duro.

A canção da bela Helena, corrente no Vale do Paraíba, reproduz a lenda de Santa Iria, a princesa raptada e morta pelo raptor. Sete anos depois, o criminoso passou pelo mesmo bosque onde deixara a princesa morta e lá viu o seu corpo intato, coberto de rosas brancas. Conhecendo que estava diante de uma manifestação da graça divina, arrependeu-se profundamente, deu aos pobres tudo o que tinha e fez penitência até o fim dos seus dias, pelo que morreu serenamente, com fama de santidade.

Considerada manifestação da divindade foi a transformação do pão em rosas, episódio da lenda de Santa Isabel de Portugal, e sinal certo de que seus atos tinham a aprovação de Deus.

"A Arte de Furtar" se refere a um gigante — o Gayão, Ladrão Gayão. De acordo com João Ribeiro (*O folclore*, 1919), talvez seja esse Gaião ou Gayant, de várias cidades da França, Douai e outras.

É possível que seja o Gaião ou Gayant francês corruptela de Galalão, um dos cavaleiros do imperador franco-romano Carlos Magno, de admirável bravura, que se desonrou pela traição e pela cupidez. É seguramente o galalau, Galalão ou galerão do vocabulário brasileiro, afirma João Ribeiro, na obra mencionada. Tornou--se o protótipo do bandido valente, ladrão, venal, avaro, temido pela força ou pela gigantesca estatura. Há uma parlenda infantil brasileira assim:

João Galalão,
João Galalão,
Perna de grilo!
Orelha de cão!

Perto de Prêro (Pereiro), *Portugal, veem-se no alto de um monte os restos de Dom Gaião, ou Lagalhão (Leite de Vasconcelos, "De terra em terra", II).*

Aurelio M. Espinosa recolheu no folclore espanhol uma lenda parecida com a do Ladrão Gaião, na sua variante paulista.

O Natal de Ião Polaco

Ião Polaco era alto e forte como pau-ferro; andava lento, trabalhava muito. Quando saía, mal o dia clareava, o som de suas passadas provocava um frêmito de asas pelo caminho e, por um momento, os pássaros se calavam à escuta. Voltava quase à noite. As crianças que encontrava se arredavam dele e paravam de rir, como os pássaros paravam de cantar. Ficavam espiando medrosamente as costas do trabalhador, corriam aos tropeços, dando pequenos gritos de espanto; as meninas punham-se a chorar. Ião Polaco não se voltava, pois parecia jamais ouvir os rumores da vida que pululava em torno. Se, por gentileza ou curiosidade, o interpelavam, desviava os olhos e permanecia silencioso. Ia aos poucos se tornando mais sombrio, até que saía bruscamente, pisando duro, sem dar satisfação nenhuma.

Sara, a mulher que Deus lhe deu, dizia que ele era um pão de bondade, mas isso sim é que ninguém acreditava. Era um bruto. Talvez nem compreendesse direito o que lhe falavam. Não cumprimentava. Não ia à igreja. Quando necessário, pronunciava aos arrancos quatro ou cinco palavras, uma frase truncada que nem sempre se entendia. O não lhe conhecerem maldade alguma fazia apenas odiento, pelo mistério, aquele ser taciturno e singular.

Naquele 24 de dezembro, às onze horas, a mulher empurrou a gamela com a massa de biscoito bem sovada e perguntou, por perguntar, sem esperar resposta:

— Você não vem?

Sorriu vagamente, erguendo os braços brancos de farinha. Surpreendeu-se com a aprovação no rosto de Ião e saiu da cozinha. O homem levantou a cabeça como um cavalo à escuta, só perdendo a expressão atenta quando Sara reapareceu, pronta já, vestindo a saia de gorgorão negro lustrosa, a blusa de mangas fofas e rendas, luzidia de goma, o lenço amarrado nos cabelos, emoldurando o rosto redondo, de largos olhos azuis, límpidos como os de uma criança. Na altura das frontes, algumas madeixas se escapavam. Ião ficou olhando a mulher com as sobrancelhas franzidas e um ar angustiado.

— Vamos?

Sara passou na frente, baixando a cabeça graciosa, sorrindo de leve e, inesperadamente, os traços do rosto do homem se adoçaram e ele balançou a cabeça, ao sair também, curvando a alta silhueta, todo de negro como quem vai a um enterro. Ela lhe lançou um rápido olhar tímido. Ião virou o rosto, que se recortava nítido contra as casas da cidade. Como de costume, ficou na porta da igreja, encostado do lado de fora. Alisava uma das mãos com a outra, e sua catadura na sombra fazia medo. Sara deslizou para dentro, levemente, entreparou, não ousou fazer o gesto apenas esboçado. As mãos caíram e ela, com um súbito desespero, juntou-as diante do peito e caminhou para a frente movendo os lábios.

Nos outros anos, Ião não trabalhava nos dias do Senhor. Naqueles tempos, entretanto, saía aos domingos de manhã, girava pela roça e somente aparecia com o sol nado. Sentava-se ora numa cadeira, ora noutra, ora nos degraus que desciam da porta da cozinha para o quintal. Sara cuidava-o com o rabo dos olhos. Acabava se condoendo do bom gigante, pedia-lhe para descascar batata, para apanhar louça no armário grande, para carregar água da mina. Tirava-lhe por vezes a faca das mãos inábeis, dizia-lhe que fosse tratar dos porcos. Empurrava-o, tagarelava, atropelava, mas, apesar da boa vontade do marido, ela percebia o seu alívio quando a noite caía, depois de um dia vazio.

Nesse ano, ele não esperou a manhã para se levantar. Sara acordou espantada e já o viu pronto, em pé, junto à cama.

— Iohan... — sussurrou. — Hoje...?

À meia-luz do lampião, notou-lhe a expressão obstinada. Calou-se e afastou as cobertas. Ião apertou-lhe o ombro no travesseiro, com um gesto de longínqua ternura.

— Dia santo — disse ela, debilmente. — Dia do Senhor Menino.

Ião apanhou a ferramenta e o chapéu. Sara cerrou os olhos, mas abriu-os novamente, sentou-se na cama e bradou com voz alterada.

— Eu não vou levar almoço lá, não tenho coragem...

Ele se voltou abruptamente para ela e a mulher recuou espavorida, protegendo o rosto com as mãos, embora o marido jamais a houvesse espancado.

— ... bem. — Ele resmungou com amargura. Ia dizer mais alguma coisa, hesitou com a mão no fecho da porta e saiu sem se voltar.

Ião Polaco trabalhou a manhã inteira. O dia estava morno, parado, muito claro, muito calmo, muito azul e limpo, parecia domingo. O homem calculou as horas, olhando para o céu, deu uma enxadada na terra e a ferramenta ali ficou enterrada em linha oblíqua. Ao redor, a terra carpida, negra, estendia-se em ondulações suaves, como as de um corpo de mulher. O capim verde tinha pendões prateados de sementes, brilhando ao sol.

Entrou em casa em silêncio. Como de costume, Sara estendeu a toalha branca na mesa, também em silêncio, sem deixar de olhar o torvo personagem em que se transformara o seu gigante de anos antes. Agora quem ele amava era a enxada. Tomava-a entre as mãos, sopesava-a, acariciava-a. Tinha para o objeto inanimado gestos doces que enciumavam a mulher. E, às vezes, com a expressão cismadora que nunca mais ninguém lhe tinha visto, nem Sara, desde os tempos de noivado. Quando ele tornou a sair, ela escutou longamente o ruído dos tacões na terra dura. Cruzou as mãos sobre o avental, murmurando:

— No dia do Senhor Menino...

A tarde se arrastou vagarosamente, como acontece em dezembro, e demorou para anoitecer. O sino da igreja tinha já tocado as ave-marias e a sombra vinha mansa, com uns longes de dourado na orla do horizonte. Sara resolveu aprontar-se antes da chegada do marido. Tinham que sair bem mais cedo, a igreja era longe, a caminhada áspera pelos trilhos escuros. De súbito, ela ouviu o rumor de suas lentas passadas, e logo Ião emergiu das trevas, primeiro o rosto, os olhos perplexos e, ao mesmo tempo, cheio de sonhos, depois os ombros, os braços, as mãos vazias, dirigidas para a frente, como que tateantes.

— Meu Deus! — gemeu ela ansiosamente, correndo ao seu encontro, de mãos estendidas. — Que foi?

Por um momento pensou que Ião estava cego, tão vagarento e esquisito era o seu caminhar.

— É hora! — Foi só o que ele disse.

E então, coisa que havia muitos anos não fazia, segurou a mão da mulher e puxou-a devagar para o caminho.

Sara quis perguntar se ele não ia trocar de roupa. Estava estendido numa cadeira o seu terno preto de festa. Quis perguntar o que havia acontecido. Ergueu o rosto para ele e uma estranha emoção foi se apossando dela, travando-lhe a garganta. Se tivesse tido coragem teria beijado a manzorra que prendia a sua. Ião entrou na igreja, sempre segurando a mão da mulher.

A nave estava iluminada. Houve como que uma repentina claridade mais ofuscante e mais suave. O eco das passadas pesadas do homem ressoava. A música do órgão parou por uma fração imperceptível de tempo e voltou a soar tão funda e harmoniosa, como se os anjos estivessem tocando. Nunca uma cerimônia na igrejinha da Senhora de Soledade foi mais serena.

Cessado o rito, não cessou o encanto. Uns olhavam para os outros com os olhos que indagavam e foi o próprio Ião quem respondeu à pergunta informulada:

— A enxada... — balbuciou. — Na roça. Vim rezando.

— Ah! — suspirou a mulher.

— Vamos lá? — diziam.

— Que aconteceu?

Uma criança chorou e muitas outras se puseram também a chorar inconsolavelmente. Alguns tossiam, ouvia-se o arrastar de pés, mas ninguém saía. Padre Miguel voltou a ocupar o seu lugar, diante do altar-mor, agora sem os paramentos.

— Que aconteceu? — perguntou em voz alta e clara.

— Milagre!

Todos olhavam ansiosos para ele, como que esperando uma decisão, e as mulheres começaram a soluçar.

Ião relanceou um olhar perplexo em torno.

— Está bem. Vamos.

— Para onde? — sussurravam.

Apesar de ser noite de lua, apareceram lanternas e velas, acesas aqui e ali. Ninguém parou, até que Ião fez alto nos seus campos cultivados. Bimbalhar de sinos, tatalar de asas em coro de vozes dulcíssimas, perfume no ar, doçura. Que será isso?

Todos viram ao mesmo tempo. Do chão vinha o perfume. Ali estava a ferramenta enterrada em linha oblíqua com a terra. A uns três palmos do solo, tremulavam ao vento os ramos verdes e as pétalas lilás, tênues da flor do guatambu.

— Ah! — tornou a suspirar a mulher de Ião Polaco, caindo de joelhos, enquanto as lágrimas lhe rolavam pelo rosto.

O cabo da enxada tinha florescido.

São Lourenço, Barba de Ouro

Houve um homem que era devoto de São Lourenço e todos os anos, no dia 10 de agosto, jejuava em louvor ao seu santo. Não comia nada passado no fogo nem cortado com faca. Acreditava no que dizia o povo: quem jejua para São Lourenço durante sete anos, no sétimo, saindo ao terreiro à meia-noite, ouve os anjos cantarem no céu.

Um dia, ele foi tocar fogo na rocinha, que tinha chegado o tempo da coivara. Levantou muito cedo e percorreu o caminho, assobiando, alegrinho da vida. Os pássaros, que haviam levantado ainda mais cedo, o acompanhavam gorjeando. Chegou, passou por baixo da cerca de arame farpado, juntou daqui e dali um monte de capim seco, riscou um fósforo. O fogo não pegou.

— É o vento.

Foi para outra direção, ajuntou capim seco, riscou mais fósforos. O fogo estralejava um pouquinho e se apagava. Tornava a riscar e nada.

— É o orvalho. O mato ainda está molhado.

Sentou-se no barranco, acendeu o pito e esperou que viesse o sol. Não demorou, tudo se aqueceu como se estivesse ao forno. A luz alvejou o dia, bichim miúdo começou a zinir, a chiar, a zumbir dentro do mato, riachinho correu rumorejante, mais apressado, mais alegre, cantando mais alto. Passarinhada se acabava de tanto chilrear.

— Até que está bonito — disse consigo. — Agora já dá.

Acamou o mato com as mãos experientes, catou capim seco, arrumou-o no jeito para penetrar o ar. O sol estava quente demais, a aragem de feição, ele riscou o fósforo, o fogo pegou, crepitou por baixo da mata, caminhou por uns dois metros, meio tíbio, estralejou e se apagou. O homem voltou a ajuntar mato seco, acendeu outro fósforo, o fogo pegou de repente, subiu uma grande labareda. Nesse momento, um súbito pé de vento veio pelo alto, apanhou as chamas de golpe e as apagou. Pacientemente, o homem tornou a acender o fósforo, uma e mais vezes, e vinha o vento e apagava o fogo. Então, ele pegou a chamar São Lourenço.

— São Lourenço, Barba de Ouro! Me ajude a botar fogo no meu roçado!

Abaixava, riscava o fósforo, o capim seco estalava, e o fogo, não demorava nada, se extinguia. Tornava a chamar:

— São Lourenço, Barba de Ouro, ah! Meu santo! Me ajude a queimar minha rocinha!

Abaixava, riscava o fósforo. Não havia jeito.

Vai então, o homem se enfezou, jogou o fósforo longe e gritou:

— São Lourenço, Barba de Bode! Seu Barba de Bode de uma figa! Quer me ajudar, ajude, não quer, não ajude!

Ah! Para que foi ele chamar o santo de Barba de Bode! Nem bem acabou de falar, o fogo estalou sozinho, embaixo do mato seco e resseco, varou a roça dele inteira, que estava assim de toco de milho e ainda foi queimar a roça do vizinho.

Os grãos de milho

Era uma vez um homem muito devoto. Cada vez que ia à missa, e isso acontecia regularmente sete vezes por semana, punha um grão de milho numa garrafa. No porão de sua casa se alinhavam muitas garrafas cheias de grãos.

Certo dia, ia para a igreja quando viu que um burro atrelado aos varais de uma carroça carregada de lenha tinha se atolado no barro e, por mais esforços que fizesse, e por mais que o carroceiro o chicoteasse, não conseguia sair do lugar. Já estava na hora da missa, porém ele, com pena do animal, ajudou o carroceiro a empurrar o pesado veículo. Como era forte, com seu ajutório o burro pôde enfim sair do atoleiro. O homem chegou à igreja afobado e a missa já estava começada. Nesse dia, pegou um grãozinho de milho, partiu-o ao meio e colocou uma das metades na garrafa. Durante anos o homem continuou a viver assim. Como é destino de todos, o dia de sua morte chegou. Ele fechou os olhos serenamente, certo de merecer o céu.

— Assisti a tantas missas — disse ele, pensando na enorme fileira de garrafas cheias de grãos de milho —, que o meu lugar está garantido no paraíso.

Morreu. Os parentes ainda estavam chorando no quarto e sua alma já deslizava serena e feliz pelos luminosos caminhos do infinito. Chegou à porta do céu e bateu. São Pedro veio abrir e convidou:

— Entre, filho.

Alisava bondosamente as grandes barbas brancas e fazia tilintarem nas mãos trêmulas as chaves do paraíso. Virou-se para dentro e chamou:

— Miguel, traga a balança. Chegou uma alma da terra.

O arcanjo São Miguel surgiu, de armadura brilhante, trazendo numa das mãos uma balança e na outra a sua espada de chamas. Ele e São Pedro puseram-se a pesar as ações do homem. Punham num dos pratos da balança as boas ações e no outro as más. O homem foi olhando aquilo e se assombrando. Quando chegou a hora de avaliar as missas, ele foi vendo as que eram rejeitadas: por falta de atenção durante a cerimônia, as que ele tinha ido por hábito, as que assistiu exclusivamente por coisas diferentes, as que assistiu enfim apenas para dizer que era muito bom católico. No fim, sobrou para pesar no prato das boas ações somente meia missa. De milhares de grãos de milho sobrou o humilde meio grão que ele, com tanto desprezo, tinha jogado dentro de uma das garrafas.

E nessa hora ele aprendeu, tarde demais, que todas as coisas têm dois valores: um verdadeiro e outro que os homens vaidosamente lhes emprestam.

O serrote de São José

Estava o carpinteiro José em sua tenda cortando madeira com golpes ritmados da grande faca amolada. Suava em bicas. Muito era o calor, o ar tinha secura e transparência. O carpinteiro sentou-se um momento diante da tenda. E como o mormaço era uma coberta fofa, o santo homem curvou a cabeça e adormeceu. Do sono se aproveitou o Demônio, tomou o facão de José e nele cortou com um estilete uma porção de dentes, de ponta a ponta da lâmina, somente de um lado. Feito isso, o Tentador deu uma risadinha escarninha e voou para o inferno. O desagradável som do riso acordou o dorminhoco. Foi para dentro continuar um serviço de marcenaria e deparou com a faca dentada.

— Ora essa! Como foi isso acontecer?

Não tinha outra faca e faltava-lhe dinheiro para nova aquisição. Decidiu trabalhar com a ferramenta assim mesmo. Primeiro, experimentou bater com o facão. Nada feito. Então, fez um movimento de fricção, para a frente e para trás e beleza! A faca, que exigia antes um grande esforço para entrar na madeira, agora ia com mais facilidade abrindo um sulco que progredia e que, ao que parecia, talhava a peça de madeira em fatias.

— Isso nunca me passou pela cabeça — exclamou, enquanto na sombra, danado de raiva, o Trevoso maquinava outro jeito de lhe estragar o trabalho.

No outro dia, sentou-se o trabalhador à entrada da tenda, num banco de pedra. Recostou-se para o descanso, depois do almoço. Veio-lhe a sonolência e ele dormiu uma vez mais, do que o Malvado se aproveitou, como se verá.

São José sonhou muito. Sonhou que alguém estava bulindo nas ferramentas. Sonhou que queria se levantar para impedir que o Mal-Intencionado mexesse no que não lhe pertencia, mas, curiosamente, não conseguia se mover. Foi só ao ouvir a gargalhada que saiu do torpor e correu para dentro. O facão estava lá, sobre a bancada de carpinteiro, e o santo o agarrou aliviado.

Mas o que era aquilo? O que tinha acontecido?

Os dentes, aparecidos antes de maneira misteriosa, estavam dispostos agora de outra maneira, um sim e um não entortados pra cá, um sim e um não entortados pra lá.

— Agora sim, lá se vai o meu trabalho por falta de ferramenta — resmungou São José. Passou a lâmina dentada e travada na madeira e ela cortou ainda melhor do que antes.

Foi assim que surgiu o serrote.

A proteção de Santo Antônio

Havia uma família de pouca ou nenhuma ambição, que possuía meia dúzia de vaquinhas leiteiras, todas muito bonitas e mansas. Não davam despesas, pois procuravam sozinhas, no pasto, o seu alimento. Jamais os amos lhes compraram um jacazinho de milho ou cortaram para elas, em dia de chuva, um feixe de capim. As vacas de outros sitiantes andavam de cincerro no pescoço, e aonde iam precedia-as a música dos sininhos. Ou se amarrava ao pescoço da vaquinha que ajudava a criar os meninos um garrido laço de fita vermelha. Aquelas, não. Eram procuradas somente para lhes tirarem o leite.

No inverno, as pobrezinhas padeciam, mugindo tristemente pelas pastagens. Emagreciam que ficavam só pele e ossos. Também a família se contentava com pouco. O dinheiro do leite vendido na cidade, dando para comer, era quanto lhes bastava. Viviam de papo para o ar, à sombra das árvores, seguindo as nuvens com o olhar preguiçoso, ou de bruços, contando as formiguinhas do chão. Não tinham móveis, nem roupa bonita, nem livros, nem objetos de arte. A casa era de cão, sem enfeite. Galinhas não cacarejavam no cercado, não cantava um canário na gaiola, e não havia uma flor desabrochando num vaso.

— Vivemos bem — diziam eles —, Santo Antônio nos ajuda.

Aparecendo alguma despesa extra, ou faltando roupa, por se acabarem as que usavam, exclamavam:

— Santo Antônio nos valha!

Iam às vaquinhas, tiravam leite com mais cuidado, o dinheiro rendia, compravam alguns metros de chita, e retornavam à indolência costumeira.

Quando se quebrava um dos caixotes que serviam de cadeira, diziam:

— Santo Antônio nos acuda.

Jogavam os pedaços de tábua no quintal e sentavam-se no chão. Quebrava-se um prato? Fácil! Atiravam os cacos no lixo e iam cortar coité, no mato, dizendo:

— Santo Antônio nos ajudará.

Santo Antônio, num dia de lazer, fazendo estatísticas dos seus chamados, verificou que naquela região havia uma família que o chamava dezenas de vezes por dia.

— Por que será que tanto me chamam? — indagou de si para si, e como era muito curioso, resolveu descer à terra para ver.

Embarcou num raio de sol, que viaja por toda parte, e veio. Ficou impressionado com a nudez da casa, com a pouca louça, e ainda por cima desbeiçada, com os colchões quase só o pano do envoltório, com o quintal devastado, com os homens e as mulheres, fortes, flanando por ali, no meio do dia, sem pensar em nada, sem o que fazer.

— Eles têm razão, coitadinhos! Estão mesmo precisando da minha ajuda.

Foi ao campo, onde as bonitas vaquinhas mansas pastavam à beira do barranco, deu um empurrãozinho em cada uma, elas rolaram pirambeira abaixo e todas morreram.

— Vamos ver! — disse o santo, esfregando as mãos, muito satisfeito. — Vamos ver!

Naquele mesmo dia, a família procurou as vaquinhas na hora de tirar o leite, e não encontrou nenhuma.

— Onde andarão? Santo Antônio nos ajudará a procurá-las.

Com efeito ajudou, porque não tardariam a achá-las, tão fundo no despenhadeiro que não poderiam aproveitar nem o couro.

Ainda havia alguns grãos nas latas de mantimento, cataram gravetos, fizeram o jantar. Na manhã seguinte, rasparam a lata do pó de café. De certo modo estavam até satisfeitos, porque não precisavam mais ter o trabalho de tirar o leite nem de vendê-lo. A vida se simplificara ainda mais.

No terceiro dia, não houve o que comer. Tentaram raízes e frutos do mato, mas a falta de costume não lhes permitiu sucesso na tentativa de viver à moda dos ursos e dos passarinhos.

Depois de mais dois dias de fome, quando a mãe afirmava pela quinta ou sexta vez: "Santo Antônio há de nos ajudar", disse um dos moços:

— Estou vendo que Santo Antônio não ajuda ninguém. Eu vou é procurar serviço. Não estou para morrer de fome.

E foi. Tocou-se para a cidade, e tanto procurou que achou. O outro irmão se empregou como leiteiro numa fazenda, que esse tinha sido o serviço que fizera a vida inteira. A irmã também não estava para passar fome, que a fome dói, disse ela, e tratou de arranjar serviço numa granja das vizinhanças. A mãe arrumou umas roupas de fora para lavar. O pai pegou no machado e foi para o mato cortar lenha. A venda dos feixes que trazia à cabeça, amarrados com cipó, rendia-lhe muito mais do que o leite das vaquinhas.

Acabaram por tomar gosto pelo trabalho, entrou-lhes a fartura em casa.

Mas o mais curioso de toda a história é que nunca mais chamaram por Santo Antônio.

Quem vê cara...

Jesus e São Pedro iam por uma estrada quando cruzaram com um homem todo vestido de preto, marchando com o andar compassado. Olhava para a frente, sem prestar atenção às margens bordadas de grandes árvores, parecia não ouvir o canto dos pássaros nem o marulho das águas. Ia. O rosto não tinha o mais leve traço de emoção. Era alongado, descolorido, impassível. Movia os lábios sem que deles saísse o menor som, e tinha um rosário de contas negras passando entre os dedos pálidos, afilados. Os olhos eram negros, sombrios, as sobrancelhas muito peludas, encontrando-se no alto do nariz reto. A testa alta fugia para cima e os cabelos eram ralos e curtos. Por ele passaram o Mestre e seu discípulo, e São Pedro foi logo dizendo:

— Mestre, esse merece o Teu reino...
— Como posso saber? — respondeu o Mestre.

Mais adiante, passou por eles um carreiro, em cima de um carro, puxado por três juntas de bois, gordos, lerdos, que iam no passo, arrastando o carregado. Era alto e musculoso, tinha rosto largo, os cabelos caídos na testa, um grande riso na boca grande. Usava calças de brim claro, a camisa aberta ao peito, chapéu velho na cabeça. Com ele entrou um grande rumor, somando-se aos muitos da manhã ruidosa. Os bois grandões fungavam, o candeeiro cantava musiquinhas singelas, o carreiro incitava os animais do alto do seu trono de madeira e fueiros. E, incitando-os, gritava toda uma bela coleção de palavrões e pragas.

São Pedro se benzeu.

— Esse aí vai pro inferno, meu Senhor. Que homem de boca mais suja!

— Não sei, Pedro — esquivou-se o Senhor.

Lá se foram, batendo as alpercatas, ao sol, na tarde quente de luz dourada. E andaram e andaram, até que a noite os apanhou no meio da estrada, sem casario por perto, nem fazenda, nem gente, nem plantações, tudo um longe estirão deserto. Estavam cansados, tinham fome, sede, ansiavam por um banho, por um banquinho para sentar, por um fogo crepitando no fogão, por uma panela de caldo, um pedaço de pão, uma palavra amiga.

Quando já estavam desanimando de encontrar traços de gente, repararam numa casinha branca à beira da estrada. Era baixinha, de janelas verdes, pintadinha de novo. Em torno dela floriam as rosas, as cravinas, os copos-de-leite, os beijos-de-frade. Melindres se enroscavam em hastes longas no eitão da casa. Galinhas ciscavam no quintal. Uma moça tirava água do poço. Num varal, o vento agitava como bandeiras de paz a roupa branca, lavada.

— Moça, dá pra arranjar um copo de água?

Ela lhes serviu água na caneca e foi chamar o pai. Ele veio. Para grande pavor de São Pedro, era o carreiro malcriado. São Pedro arregalou os olhos, apavorado, e procurou se esconder atrás do Mestre.

— Vamos embora, Senhor. Esse nos trará aborrecimentos. Vamos! Vamos!

E vá de puxar a manga de Jesus. Mas o Mestre não se arredou do lugar, e, com a fala mais tranquila do mundo, pôs-se a historiar a longa caminhada, a se queixar dos pés doridos, da fome e da sede, e do seu desejo de lavar os pés cansados, e de dormir, mesmo que fosse num monte de palha, no paiol.

— De maneira nenhuma — estava dizendo o carreiro. — Eu e minha mulher vamos para o quartinho dos fundos. Enquanto isso... Maria! Ó Maria! Venha aqui um momento. Cuida um pouco destes dois homens com um caldinho quente que eles estão com fome e frio.

E foi o alegre carreiro, deu pão e sopa aos pobres andarilhos, deu-lhes as suas próprias cobertas; acendeu o fogão de lenha para que eles se aquecessem, assou no brasido vermelho o produto da horta: a batata-doce, a mandioca. Tratou-os como príncipes. No outro dia, bem cedinho, quando eles partiram, o homem ainda arrumou a matalotagem com farofa, para a fome no caminho.

São Pedro, consolado, dizia:

— Que homem bom, meu Senhor. Quando a gente esperava isso?

Mas nem dessa vez Jesus se manifestou.

Lá se vão os dois, anda que anda, por longos caminhos, nem casa, nem rio à vista, o estômago vazio, o alforje magro, os pés se abrindo em gretas onde a poeira se acumulava. E o cansaço, "Ai! Que canseira", clamava o velho apóstolo, arrastando os pés. Até que, enfim, apareceu uma casa, de boa aparência, com grandes janelas, assobradada. Havia homens trabalhando não muito longe. Andava uma grande azáfama por toda a vasta propriedade. Construía-se, ordenhavam-se as vacas, a fazenda tinha um chiqueirão, um cercado de galinhas, patos e marrecos, pomar, plantações. São Pedro esfregava as mãos de pura contenteza.

— Ah! Senhor! Que fartura! Esta casa foi abençoada por Deus.

E quando o dono da casa apareceu, cheio de gravidade, segurando nas mãos um livro de reza, o apóstolo delirou. Era o homem que tinha visto na estrada, rezando o seu rosário.

— É ele, Senhor. É ele. Estamos feitos. Aqui nós seremos tratados à vela de libra... Esse homem está a serviço de Deus.

Jesus apenas falou:

— Não sei, Pedro.

O homem atendeu de longe, parado à porta do casarão. Não se aproximou dos andantes, mas mandou que eles entrassem.

— Vocês aí! Querem o quê?

— Pousada — respondeu Jesus, brevemente. — Comida. Estamos cansados. Temos fome.

— Morar em beira de caminho, é isso. Não se tem sossego. Aqui todo mundo trabalha, e é só gente passando, pedindo o que comer. Serviço ninguém pede.

— Pelo amor de Deus! — disse Jesus.

— Nessa hora vocês vagabundos se lembram de Deus. É cumprir a sua obrigação, como eu cumpro a minha.

— Pelo amor de Deus! — repetiu Jesus, cravando no homem o Seu olhar tranquilo.

O homem não se sentiu à vontade.

— Comida não tem! — gritou. — Se querem dormir, vão dormir no paiol, atrás da casa.

Virou-lhes as costas e foi cuidar de seus afazeres.

— Vamos embora, Senhor — pediu Pedro lastimosamente.

— Embora? Até onde? Nós não aguentamos mais...

E com esta, São Pedro ajeitou um monte de palha de milho, afofou, bateu, e deitaram-se os dois, como sapato na caixa, um pra cá, outro pra lá, e não tardaram a dormir, tão cansados estavam.

No meio da noite, quando tudo havia se aquietado, veio o homem lá de dentro, com um chicote na mão, e parecia fulo de raiva.

— Esses vagabundos! — resmungava ele. — Vou dar uma lição neles. Vão embora e não voltem mais...

Fustigou com o chicote o primeiro que estava quase a seus pés, que calhou ser São Pedro. Este se encolheu e não gritou para não acordar o Mestre. Por sua vez, Jesus, se viu ou ouviu, não demonstrou. E o homem, depois de ter espancado o velho apóstolo, lá se foi, resmungando.

Pela manhã, o primeiro Deus te salve de São Pedro foi chamar o Mestre para irem embora.

— Vamos, Senhor! Já amanheceu o dia... Aqui não dá para ficar.

— Por que não? Até que esse palheiro é bem confortável. Além disso, estamos sossegados aqui, longe da casa e do barulho desses homens.

— Mas não comemos nada o dia todo.

— Hoje o homem arranja qualquer coisa.

— Vamos embora! Não estou gostando daqui.

— Não? Pois eu estou. Além disso, ainda estou com os pés doendo.

— Está bem, está bem, o Senhor manda. Mas eu vou lhe pedir um favor.

— Fale.

— Esta noite eu quero dormir no canto.

Jesus saiu dali, deu umas voltas, fez ouvidos de mercador às pragas do dono da casa e às queixas de Pedro, comeram com os homens da plantação, que lhes deram uns restos. À noite, o Mestre enovelou-se na palha e dormiu.

Tarde da noite, veio o dono e berrou:

— Ô cambada de sem-vergonhas! Ainda estão aqui? Pois eu vou mostrar.

Puxou o chicote e São Pedro riu consigo mesmo: "Agora eu quero ver se o Senhor vai querer ficar aqui. Nem mais um minuto".

O homem abaixou o chicote, reconsiderou e falou:

— Ontem apanhou o da beirada. Hoje apanha o do canto.

E fogo no São Pedro, outra vez.

No outro dia, no caminho, Jesus perguntou ao bom apóstolo:

— Que achou do nosso carreiro? E do homem rezador?

E São Pedro, apalpando as costelas doloridas:

— Ah! Senhor! Quem vê cara não vê coração!

No começo do mundo

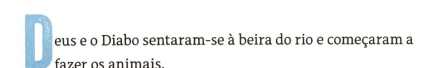

Deus e o Diabo sentaram-se à beira do rio e começaram a fazer os animais.

O Senhor tomou de tabatinga, o barro branco liguento, e modelou um bichinho delicado. Ave, marronzinha, olhinhos pretos, bico fino, pernas retas, nervosas. Nem estava pronta, e já lhe saía da garganta uma cascata de gorjeios, gorgorejados.

— Fácil! — resmoneou o Temeroso, mal o Senhor abriu a mão e a corruíra voou para o primeiro ramo.

— Fácil!

Tomou da argila mais macia, a mais doce ao manusear, volteou-a entre os dedos poderosos, com cuidado, com arte, fez animaizinhos de pés delicados, focinho fino; cada feição delineada com capricho. O corpo foi revestido de velo fino, entre pluma e pelo — seda, antes que seda houvesse. Não esqueceu das asas, fê-las vigorosas, grandes, e, para que não se desequilibrassem no voo, ligou-lhes as partes com uma membrana transparente, mas forte, arrematada numa sequela de curvas, formando esquisito desenho. Para ser ainda mais original, desdenhou do marrom-claro da plumagem da corruíra. Misturou cores de musgo, de ferrugem e de sombra, e gastou tinta à vontade, tirada das flores, sem economizar.

— Ficou bonito — avaliou sem modéstia alguma.

Impeliu a sua criatura para o alto, ela girou, voando às tontas, ofuscada pelo sol, e foi logo se resguardar numa loca de pedras, escura e úmida, onde ficou pendurada de cabeça para baixo. Estava criado o morcego.

E já estava o Senhor, novamente, ocupado nas suas criações, feitas de luz e de cores. Armou um bichinho comprido, com olhos facetados, terminando no alto por dois ferrões. Emendou dos dois lados, à guisa de asas, duas pétalas de flor de ipê. Polvilhou nessas asas uma poeirinha de sol. Jogou o bichinho para o alto e a borboleta amarela saiu pelos ares, traçando linhas quebradas com seu voo. E fez outra, e mais outra, um bando milionário das aladas flores. Formou outras borboletas de retalhos de nuvens, e outras de diamantes reduzidos a poeira fina. E outras azuis, de aparas do céu, ou, quem sabe, do lago. E outras de espuma. E outras rajadas, pedras do caminho transfeitas de luz.

NO COMEÇO DO MUNDO

Vai o Sem-Respeito e diz:

— Vou fazer muitas borboletas e todas diferentes.

Do barro conformou o corpo, bem maior, mais grosso, caprichado. Armou as duas antenas no alto e os olhinhos saltados, de contas coloridas. Usou as cores do arco-íris. As do poente. As da madrugada. Pintou um bichinho de verde-musgo, outro de cor de opala, e outro de vermelho-vivo, e outro de preto e branco, com filamentos escarlates. Enxertou uns cabelinhos nas costas de uns, fez outros lisos e macios. Alguns eram às listas, outros às manchas, outros aos pingos. Verdadeiramente, saíram lindos, sem nada do sombrio que caracteriza as criações do Não-Sei-Que-Diga. Somente que se esqueceu das asas, no entusiasmo da mistura das tintas.

À medida que os soltava, eles se estorciam no chão ou se quedavam imóveis, ostentando as cores magníficas. Tinha sido inventada a taturana e tinha sido inventado o compadre mandorová, que alguns chamavam de bicho-cabeludo.

— Quer desistir? — perguntou o Senhor, enquanto dava um retoque em outra das Suas criações.

— Eu não desisto — retrucou o Orgulhoso. — Toca pra frente.

E ficou espiando o bichinho que Deus havia feito: a lavandisca, também chamada lavadeira, que o povo conhece como pito-de-saci.

E disse Deus:

— Os poetas a chamarão libélula.

Parecia, com suas asas translúcidas, um pouco do próprio ar, delimitado em luz.

— Essa é um pouco difícil — reconheceu o Arrogante. — Não dá para eu fazer nada tão belo. Tu venceste. Permita-me construir o seu contrário, como eu sou o Teu contrário.

— Como queiras — disse Deus.

O que era leve, o Malvado tornou pesado. Onde era luz, colocou trevas, onde havia transparência, formou espessura. Onde encontrou o brilhante, deixou opaco.

— Isto não imitei — bradou, jogando para cima o animalejo. — Isto é meu! Isto eu criei!

O besouro cascudo abriu asas de treva compacta, encolheu as perninhas, seis garranchos negros, e desferiu o voo, zumbindo. Junto da libélula, fazia um contraste bem singular.

O Decaído puxou a capa preta, fechou-a no peito e se foi, deixando que o Senhor do Mundo fizesse sozinho o restante do Seu mundo.

A mulher que queria ser imortal

Em certa cidade, vivia, há muitos e muitos anos, uma velha e rica senhora que, atacada de estranha loucura, queria se tornar imortal. Quanto mais envelhecia, mais se apossava dela o medo da morte. Rezava todos os dias e todas as noites, pacientemente, e tanto pediu a Deus que lhe concedesse a graça de não morrer que acabou conseguindo mais ou menos o que queria.

Conseguiu-o para seu mal, como se viu mais tarde.

O caso foi que um dia sonhou que um anjo de asas cintilantes descia do céu. Ela se encolheu assustada, e, ao mesmo tempo, esperançosa. Seu quarto havia se enchido de uma radiante claridade, como se de repente se tivesse transformado numa opala gigantesca brilhando ao sol. E quando o anjo falou, todas as coisas que faziam algum rumor dentro da noite, os grilos, as aves noturnas, os carros, as pessoas que passavam falando alto ou assobiando, tudo se calou, tomado de espanto, tudo ficou escutando a mensagem do céu.

O anjo falou:

— O Senhor Deus ouviu teus rogos. Ele manda te dizer que faças construir uma igreja. Durarás tanto quanto durar essa igreja.

Disse e desapareceu.

A velha senhora acordou sobressaltada, e nem pôde mais dormir o resto da noite, de tanta impaciência. Mal o sol espiou o quarto pelas frestas da janela, a velha se levantou e saiu. Todos a viram muito ativa o dia todo, dando ordens, arranjando empregados, indo daqui para ali, à procura de arquitetos. À tarde, soube-se que ela havia mandado construir uma igreja de pedra.

— Para que uma igreja de pedra? — perguntavam, estranhando, pois as igrejas da cidade eram de tijolo e cal, e duravam bastante, apesar disso.

E ninguém sabia da resposta.

O espanto da gente que habitava a cidade cresceu, quando se soube que aquela velhota maluca, em vez de ficar em casa, calmamente, recostada em gostosa cadeira de balanço, contando histórias aos netinhos, ia todos os dias fiscalizar a construção da igreja, incitando os pedreiros, aos gritos:

— Andem depressa com isso. Quero ver a igreja pronta, senão morro.

Os pedreiros abriam a boca, pasmados, sem entender patavina daquele mistério.

No dia em que a igreja ficou terminada, a velha senhora deu uma festa e viram-na brincar e rir, como se fosse uma menina. E desde então, ela ria muito, seguidamente, e passava com um orgulhoso ar de posse diante da igreja de pedra, magnífica e quase eterna: a sua vida de pedra.

Os anos foram se passando, morreram todos os velhos do lugar, e só ela permanecia firme. Quando lhe vinham contar a morte de alguém, ela casquinava um risinho assim: *"Oh! oh! eh! eh! eh!"*, como se dissesse para si mesma: "Comigo isto não acontecerá".

Com o tempo, sua família foi se extinguindo. Morreram-lhe os filhos, os netos, os bisnetos e os netos de seus bisnetos. Ela foi ficando sozinha no enorme palácio, vazio, velha, velha, enrugada, estranha, irreconhecível. Não tinha mais com quem falar, pois morreram todos os seus conhecidos. E os moços, cujo espanto não tinha limites diante daquela velhice infinita, não queriam saber de prosa com ela e tinham até medo de vê-la. A mulher já não contava anos um por um. Contava por séculos. Fez trezentos, quatrocentos anos e depois passou a ter cinco, seis, sete séculos.

Então, começou a desejar e a pedir a morte, espantada com a sua medonha solidão.

Porém a sentença de Deus estava dada: "Duraria tanto quanto durasse a igreja de pedra".

Logo se espalhou pela cidade que a velha senhora tinha arranjado outra mania. Sentava-se à porta do seu belo palácio, e perguntava aos que passavam:

— A igreja de pedra caiu?

— Não, minha senhora — respondiam, assustados. — Não cairá tão cedo.

E ela suspirava:

— Ah! Meu Deus!

Passavam-se os anos e ela perguntava cada vez mais ansiosa:

— Quando cairá a igreja de pedra?

— Ó! Minha senhora, quem pode saber quanto tempo durarão as pedras, umas sobre as outras?

E todos tinham muita raiva e muito medo dela, pois fazia tais perguntas, além de cometer o desaforo de não morrer.

A velha senhora foi, por fim, à casa do padre, contou-lhe tudo e pediu que a deixasse ficar num caixão, dentro da igreja, esperando a morte.

Dizem que está ali até agora, e reza sem parar, todos os minutos de todos os dias, pedindo a Deus que a igreja caia.

A alma externa frequenta com relativa constância os contos de encantamento. Em certa história, a linha principal é o rapto de uma bela moça e o seu aprisionamento no fundo do mar, sob a guarda de um monstro apaixonado. A vida desse monstro estava no fundo do oceano, dentro de uma caixa de ferro, onde se prendera uma pomba. Dentro da pombinha estava uma vela acesa. E aí, na chama da vela, o último suspiro do ente sobrenatural. Um sopro na vela e o monstro se acabaria.

Um velho conto nos relata que o pai e a mãe de um recém-nascido receberam, altas horas da noite de Natal, um homem de ar solene, severamente vestido de preto, que procurava abrigo contra a tempestade desencadeada lá fora. Bem recebido, quis retribuir a hospitalidade e disse aos castelões que podiam fazer um pedido. Seriam atendidos. Irrefletidamente, a mãe pediu a imortalidade para o filho. O estranho relutou em aceder, mas, por fim, consentiu, atenuando um pouco a concessão. "Veem aquela tora na lareira? A vida dele durará enquanto durar o tronco meio calcinado." Saiu o estranho, a mãe mandou cavar um buraco na parede e embutir o pedaço de madeira. O menino cresceu, fez-se moço, e velho, e mais velho, e velhíssimo. Em torno dele, a morte ceifava e ele não morria. Até que, aos azares de uma guerra, o castelo foi incendiado, queimada a tora, e o infeliz encontrou afinal sossego na morte.

As ninfas da floresta têm a alma vinculada à árvore da qual nasceram e à qual foram consagradas. Cortada a árvore, corta-se uma vida vegetal e mais uma, quase imortalizada. Ela durará enquanto dure a planta-mãe.

A sombra também é uma alma externa. Quando morre alguém, é defeso chegar muito perto do caixão na hora de o fechá-lo, porque, se a sombra ficar presa dentro do esquife, o dono da sombra morre. E há o velho conto do rapaz que jogou a sombra, num jogo carteado com o Diabo e teve que ir ao inferno buscá-la. A sombra era a sua alma.

A teia da aranha

Os animais, no sítio meio abandonado, eram seis: o pato, rebolando pelo terreiro; a cabra, aos pulos; e aos berros, o galo. Dentro da estrebaria, o boi, ruminando; o burro e o carneiro.

A luz da estrela iluminou tudo de uma vez, no repente. A luz era forte, azulada, com raios dourados que desciam do céu. A música suavíssima continuou o silêncio. O Galo encarapitou-se na cumeeira da casa do animal e anunciou bem alto:

— Jesus nasceu!

— Quando foi? — indagou o Burro, abanando uma orelha.

— Onde? — mugiu o Boi, parando de ruminar, por um momento.

— É mentira! — berrou a Cabra, azoretada, pulando e espirrando.

— Em Beléeeeem! — baliu o Carneiro, interminavelmente.

O Pato deu uma corridinha com aquelas pernas curtas e pés espalmados e duvidou:

— Qual! Qual! Qual!

Então os animais foram se chegando e viram na manjedoura a causa de tanto alvoroço. Deitado sobre o capim cheiroso, recém-cortado para o Burro e o Boi, estava o Menino.

Os pastores, com o seu rebanho nevado de ovelhas, pararam na porta da estrebaria, calados, respeitosos, torcendo numa das mãos o gorro, com a outra apoiando-se aos cajados rústicos, feitos de raiz de árvores.

— Quem é? — perguntavam entre si, sem encontrarem resposta.

Mas a estrela estava ali. O Boi e o Burro aqueciam com a pesada respiração os pezinhos do Menino. Eles habitaram o mistério e souberam, sem ninguém contar, que um deus tinha nascido.

Foi somente alguns dias depois que chegaram os magos.

De onde vinham?

Do Levante, onde o sol nasce. Um, da África, era preto. Outro pertencente aos povos morenos. Outro, branco. Baltazar, Melchior e Gaspar.

A Magia lhes ensinara a vinda do Redentor das gentes, o que restabeleceria o Amor e a Bondade, quase extintos no mundo.

Para que encontrassem esse Esperado, acendeu-se um luzeiro no céu, caminhou a estrela para o Ocidente, traçando o itinerário.

Os Magos mandaram arrear os camelos, encher os alforjes, juntar os presentes para Aquele, tão alto na hierarquia celeste que desde o nascimento comandava os astros. Escolheram ouro, incenso e mirra, oferendas somente colocadas ao pé do trono dos reis e diante dos deuses nos altares.

Iniciaram a longa caminhada.

As noites eram imensas, quentes, profundas, o deserto que atravessaram impunha uma incomensurável solidão. Viajavam ao lento passo das montarias, cabeceando de sono, sobressaltando-se às vezes, quando erguiam os olhos medrosos para o céu. Não fosse terem se extraviado. Mas a estrela estava lá, a estrela-guia.

No meio do caminho foram detidos pelos soldados do tetrarca Herodes.

— Que deseja de nós o ilustre tetrarca?

— Ouvi dizer — respondeu melífluo o soberano — que nasceu ou está para nascer uma criança que será Rei, em Jerusalém. O que eu quero é juntar as minhas homenagens às dos que o procuram. Vão na frente, sei que a Magia os conduz. Quando encontrarem o Menino e depois de o adorar, passem outra vez por aqui. Sabendo onde está esse privilegiado, irei, à frente dos meus súditos, para o adorarmos todos também. Podem ir.

Os Magos saíram. Deram várias voltas pela cidade. Saíram de madrugada, quando a estrela parou acima da Casa do Boi e do Burro, a Estrebaria rústica, e lá estava o Menino, tendo por berço singelo a manjedoura cheia de capim recém-cortado.

Voltaram os Magos para o Levante, mas não passaram pelo Palácio de Herodes. O soberano, enraivecido, decretou a matança dos Inocentes. Rezava assim a sentença: deveriam ser degoladas, em determinada noite, todas as crianças judias, de zero a dois anos de idade.

Satanicamente, Herodes sorria no seu palácio, dizendo para si mesmo que esse futuro rei de Jerusalém ou lá do que fosse não escaparia da espada dos soldados romanos.

Acontece que, na noite do morticínio, o Menino, mais o seu pai, o carpinteiro José, e sua mãe, a mocinha Maria, estavam descendo para uma terra muito distante. Maria ia montada no jumentinho, tendo ao colo a criança. José, na frente, a pé, puxava o animal pela arreata, sempre, incansavelmente, légua após légua, até ficarem bem distantes do perigo de morte.

Se alguém perguntasse à mãe se não tinha medo da perseguição dos soldados de Herodes, ela diria, com um sorriso, que tinha muitos amigos. E tinha mesmo muitos amigos pequeninos, atentos em servi-la. Quem tinha avisado José e Maria da matança que se planejava?

A andorinha pousava de distância em distância, para de cima das árvores olhar em torno e dar o sinal, se visse os perseguidores.

Seguia-os o bando de rolinhas, de pés e bicos vermelhos. A cada passada dos fugitivos, as rolinhas, que mais andam no solo do que voam, riscavam o chão, apagando os rastros.

A primeira noite da fuga desceu, e estavam muito perto os inimigos. No entanto, o cansaço era muito grande, tinham sono, frio e fome, doía-lhes o corpo, o jumentinho morreria se montado mais meia hora.

Maria pediu, em voz dulcíssima, que parassem por ali mesmo. Havia uma gruta, estavam passando por ela. Dormiriam por uma noite, um bom sono, estariam refeitos na manhã seguinte, para mais um estirão da jornada.

— Não sei — disse José. — Quanto mais longe descansarmos, mais seguros ficaremos.

— E se o Menino morrer?

Entraram, pois, na caverna, prepararam no chão a cama de ramos verdes.

Maria suspirou comentando:

— Podemos dormir. Os amiguinhos do Menino tomam conta.

A Aranha rendeira espiou aquela gente inerme, dormindo, e foi para a entrada da gruta. Esticou fios prateados dos dois lados da entrada, depois trabalhou com muita paciência, formando um desenho geométrico. E então, enroscou-se no centro da teia e dormiu também. O orvalho caiu de mansinho a noite inteira. Pela madrugada, os passarinhos principiaram a cantoria e o sol deu uma espiada para a terra, tentando ver como andavam as coisas. Ao perpassar do vento brando, a teia estremecia e era como uma cortina de prata molhada, toda aljofrada de luz. Nesse momento, irrompeu na paz da manhã o tropel dos soldados romanos. Seus sapatões agrediam com o patear a harmonia dos pios e gorjeios, dos marulhos do riozinho e crepitar de folhas pisadas.

Ao passar pela entrada da gruta, os soldados fizeram alto.

— Vamos revistar lá dentro, senhor Decurião.

— Para quê? — perguntou tranquilamente o oficial.

— Não está vendo a entrada coberta de fora a fora? Se essa gente fujona tivesse entrado ali, tinha rompido a teia de aranha e ela é como uma renda, e está intacta.

Malazarte e o milagre de Jesus

Pedro Malazarte montou uma tendinha de ferreiro, e ia muito bem, ferrando cavalos que apareciam por ali, ou fazendo outros servicinhos. Certo dia, apareceram na sua tenda dois peregrinos, um moço muito suave e um velho de barbas brancas. Malazarte pensou que queriam encomendar algum serviço e, pelo visto, coisa de pobre devia ser, pois usavam túnicas grosseiras e estavam descalços. Mas queriam apenas a forja emprestada, por pouco tempo. O mais novo pegou uma velha que ia passando pela rua, colocou-a em cima das brasas, soprou bem, apanhou a mulher com as tenazes, colocou-a em cima da bigorna, e deu com o malho nela com vontade. Malazarte espiava. E o velho espiava. Malha que malha, dali a pouco, quando deu por acabado o serviço, o moço pôs a mulher no chão e da velha tinha feito uma moça nova, bonita, sem nenhuma ruga. A moça saiu dançando, contente.

Malazarte assuntou:

— Esse deve ser Jesus Cristo, e o seu discípulo mais velho, Pedro.

Horas mais tarde, apareceu sozinho, na ferraria, o discípulo.

— Ferreiro. Empreste-me a forja por uns minutos?

— Como não?

São Pedro trouxe uma velhinha pela mão e explicou:

—Vou deixar a minha mãe bem moça e bonita.

Pôs a mãe na forja, soprou, soprou, e logo a tenda se encheu do cheiro de carne queimada.

— Isso aí não vai bem, Pedro.

— Vai. É assim mesmo.

Tirou os torresmos do fogo, colocou-os na bigorna, mas, quando o malho desceu, espatifou carvão e cinza para todos os lados. Saiu o velho porta afora, desesperado, em busca do Mestre. Trouxe-o e Jesus ajuntou os pedacinhos da velha, alisou, pôs na bigorna, malhou, e fez a velha como era, com o que São Pedro ainda se deu por muito satisfeito. Iam partir, e antes, o Mestre chamou Malazarte para um lado e disse-lhe:

— Pelo favor que nos fez, peça-nos o que quiser.

São Pedro logo falou:

— Peça o reino do céu, ferreiro.

— Que reino do céu? Reino do céu não enche barriga. Quero que aquele que sentar no banquinho que está aí, diante da porta, não se levante sem eu mandar.

— Concedido — disse o Cristo. — Pode pedir mais uma graça.

— O reino do céu! — bradou São Pedro.

— Lá vem ele com o tal reino do céu. Quero que todo aquele que subir na figueira que tenho no quintal não possa descer sem eu mandar.

— Concedido. E agora a última graça.

— O reino do céu... — gemeu São Pedro, assombrado por aquele homem não se importar com o descanso eterno.

— Faça o favor de não me aborrecer com esta história de reino do céu! Quero que quem entrar no meu surrão nunca mais possa sair sem o meu consentimento.

— Concedido.

Saíram os peregrinos e Malazarte ficou na bigorna, malho na mão, *bam, bam, bam*, pensando na estranha visita daqueles homens, e nos milagres que presenciara. E então acudiu-lhe ao espírito que se ele tivesse pedido dinheiro, bastante dinheiro, riquezas, certamente não precisaria estar batendo malho para obter algum dinheirinho para comer.

— Sou um burro. Mas já dou um jeito nisso.

Chamou o Diabo e disse:

— Que é que você quer para me dar muito dinheiro?

— Muito?

— Naturalmente que quero muito. Barras de ouro, carteiras cheias, dinheiro que nunca se acabe enquanto eu viver, por mais que eu gaste. Isso é o que eu quero!

— Dê-me sua alma em troca.

— Não tem dúvida. Daqui a vinte anos pode vir me buscar.

Malazarte desde então levou vida de fidalgo. Passeava a não poder mais, gastava a rodo, tinha roupas belíssimas, carruagens, criados, adquiriu palácios, terras, milhares de pessoas trabalhavam para ele. A sorte nos negócios jamais o abandonava. Negócio em que punha a mão era certo prosperar. E assim ele levou vida boa e regalada. Depressa passou o tempo, pois feliz lhe corria a vida. Mal se lembrava do seu sócio, o Diabo, quando um dia chegou à janela e viu diante do portão a figura temível do Danado. Construíra Malazarte um palácio no lugar da tendinha, mas conservara, contra a opinião do construtor, o banquinho de madeira junto ao portão, a figueira ramalhuda no quintal e a tendinha de ferreiro a um lado.

Vendo o Diabo, Pedro Malazarte se adiantou todo amável.

— Como vai o senhor? Veio visitar-me?

— Vim buscar você. Vinte anos já se passaram.

— Já? — estranhou Malazarte, sinceramente admirado. — Então o senhor sente aí no banquinho e espere um pouco. Vou pôr minhas coisas em ordem.

O Diabo se sentou e esperou. E esperou, e esperou. Malazarte não voltava. Não apareceu até a noite. O Diabo foi se levantar para esticar as pernas, e quem disse que podia se despregar do banquinho? Forcejou por sair, e quanto mais força fazia, mais preso ficava. Malazarte estava bem passeando. Quando voltou, viu o Diabo urrando como um desesperado, sem poder sair do banquinho. Riu a mais não poder, e falou:

— Se quiser sair daí, consinto, mas em troca de mais cinquenta anos de vida. Vida boa e riquezas como até aqui. Veja lá, hein?! E quero ficar moço e bem-disposto durante todo esse tempo, como estou agora e como foi até hoje.

O Diabo não teve remédio senão concordar. Mal se viu livre do malfadado banquinho, escafedeu-se para o inferno. E eis Pedro Malazarte, às soltas pelo mundo, fazendo artes e malandragens quanto quis, moço, disposto, rico e gozando a vida. Nessas condições, não admira que não sentisse passar o tempo. Um dia, quando assustou, mais cinquenta anos tinham se passado e o Diabo estava na sua porta novamente.

O Malvado foi logo dizendo:

— Não quero me sentar em banquinho nenhum. Vá tratando de arrumar a sua trouxa e vamos para o inferno.

— Está bom, seu Diabo. Não precisa brigar.

Pedro Malazarte foi para dentro e ficou. Passou uma hora, passaram duas e três. No quintal, o Diabo viu a figueira carregada de lindos figos escuros, madurinhos. Ele estava com fome, fazia muito tempo que saíra do inferno, e, guloso, subiu à figueira e comeu os deliciosos frutos até se fartar. Quando foi descer, quem disse que podia?

Experimentou escorregar pelo tronco abaixo, parava no meio. Experimentou pular, armava o pulo, largava o corpo, nem do lugar saía. Compreendeu, então, que estava prisioneiro para sempre do Malazarte. Muitos e muitos dias levou o Malazarte para voltar. Andava pelo mundo, fazendo artes. Quando veio, encontrou um Diabo sucumbido de desgosto e disse:

— Eu consinto que o senhor saia, Seu Diabo. Mas, amor com amor se paga. O senhor me concede aí uns cem aninhos mais. Já sabe: vida boa, riquezas, saúde, mocidade...

O Diabo concordou com tudo quanto ele quis, e por outros cem anos Pedro Malazarte desfrutou da mais bela vida que alguém já teve até hoje. Um século depois, na porta do palácio encontrava-se o mesmo Diabo.

— Entre, Seu Diabo. Faça o favor. Por aqui. Venha ver a tendinha em que eu morava, antes que o senhor, bondosamente, me concedesse tantos favores.

O Diabo torceu o nariz a essa conversa, mas foi entrando. Não quis se sentar, ficou em pé. Não quis comer coisa alguma. Recusou ficar à sombra da árvore.

— Assim o senhor se cansa. Espere um pouquinho, que vou arrumar o meu surrão e já venho.

Demorou desta vez, mas não muito. Nem sequer saiu de casa. Dali a pouco, apareceu, arrastando um grande surrão.

— Seu Diabo, o senhor podia me ajudar a amarrar o meu surrão.

O Diabo não disse nada. Foi. Quando se abaixou para amarrar o saco, Pedro Malazarte deu-lhe um empurrão por trás e o enfiou rapidamente no surrão. O Diabo esperneou quanto pôde, pererecou que deu o dia, mas viu que não poderia sair. E daí deu de implorar a Malazarte que o acudisse.

— Ora, Senhor Diabo. O senhor, onde está, está muito bem. Eu vou acudi-lo para que o senhor me leve para o inferno hoje ou daqui a alguns anos? Não. Fique aí e bom proveito!

Depois que o Diabo prometeu que nunca mais o procuraria, Malazarte permitiu que ele se fosse. Viveu mais alguns anos, e um dia faleceu. Morreu e foi direitinho para o céu. Quando São Pedro abriu a porta e deu com ele, bradou:

— Saia já daqui, seu herege, seu danado! Vá para o inferno! Você não quis pedir o reino do céu ao Mestre, agora se afomente!

— Pois então eu vou para o inferno. Lá não há de ser tão ruim assim como dizem.

Foi. Bateu à porta, veio o Vadio abrir, e quando deu com o Malazarte, fez uma cara muito feia e bradou:

— Passe daqui, Malazarte. Pensa que me esqueci do banquinho, da figueira e do surrão? Saia já de minha porta, e não me apareça mais!

Com toda a paciência, Malazarte desandou caminho e foi à porta do céu, de novo.

Ali, contou a história a São Pedro e pediu:

— O senhor podia me deixar ficar aqui na porta um pouco, descansando.

São Pedro encolheu os ombros e não se importou mais com ele. Mas nas idas e vindas do santo porteiro, às vezes a porta ficava entreaberta. Pela fenda, o Malazarte atirou o boné lá dentro. Depois, queria porque queria ir buscá-lo.

— Pois vá e não me amole — respondeu São Pedro.

Malazarte, mais que depressa, entrou e ficou.

— Eu daqui não saio. Ouvi dizer que quem entra no céu não sai mais.

E então, para que o Malazarte não ficasse fazendo artes no céu, Deus fez erguer um monte de trigo do tamanho de todas as nuvens juntas; mandou que os anjos misturassem alpiste, milho e feijão a esse trigo. E ordenou, por último, que o Malazarte separasse as espécies. Quando já está quase tudo pronto, vem o vento forte e mistura de novo. E dizem que até hoje o Malazarte está no céu, separando trigo.

Ruth Guimarães optou por registrar a grafia "Malazarte" em seu livro *Calidoscópio: a saga de Pedro Malazarte*, respeitando a fórmula constante de numerosas narrativas escritas que recebeu ao longo da pesquisa que lhe tomou mais de uma década. Registramos, a seguir, um comentário explicativo acerca da onomástica e a semântica — que recomendaria a grafia "Malasarte" —, em trecho que consta do livro citado. Com a palavra, a autora.

Mário de Andrade, quando quis apresentar o herói sem nenhum caráter, brasileiro, não mencionou Malasarte. Foi buscar Macunaíma.

"No fundo do mato virgem nasceu Macunaíma, herói da nossa gente."

Entretanto, Macunaíma é um malasarte.

Esse pícaro tem procuração para fazer o que o desvalido não pode, não sabe ou tem medo de fazer, ou os três juntos: não pode, não sabe e não tem a audácia necessária. A tácita aprovação é evidente. Simbolicamente, ele goza da maior impunidade.

O arquétipo humano, brasileiro, do pícaro, sempre dá um jeitinho. O homem do povo, sem prestígio, sem respaldo e desprovido de futuro, conta somente consigo para se safar de situações incômodas. E não se safa, é evidente. Em consequência, o jeitinho inclui fugas rápidas. Assim, acontecem as fugas, por meio de artimanhas outras que não o passar despercebido.

Devido ao entrelaçamento das histórias, dos temas, das castrações e das convergências, não é fácil a divisão das muitas vidas do Malasarte, partindo do homem físico, indo ao justiceiro, e alcançando o mito. O razoável é tomar o tema predominante, e caminhar da terra para o céu, incidentemente passando pelo inferno, em ligeira parada.

Não se fala aqui de tempo, primeiro isto, depois aquilo. Nosso personagem, atemporal e inespacial, pode ter ido primeiro ao céu, depois andar por aí, pelas roças, de surrão às costas. O ponto de partida pode se localizar em certos tipos vagamundos que, oriundos do mais baixo dos estágios na terra, vão ao céu. Como também pode cada relato originar-se de assombrados e lendas, já em pleno mito, e chegar, no conjunto, a ser criado um ser humano com história e indicações sociais, surgidas como justificativas e explicação.

[...] Malasarte tem outros parentes próximos, como Ulenspiegel, de quem dizia a futura sogra: "Terás nele um esposo corajoso, com uma grande goela, barriga vazia, língua comprida. Pisa o chão e mede o caminho com a vara da vagabundagem, o eterno batedor de estradas, que vai conseguindo florins e liardos aqui e acolá, sem nunca ter no bolso um tostão oriundo do seu trabalho".

Na Península Ibérica há outro tipo do mesmo naipe: burlão invencível, astucioso, cínico inesgotável de expedientes e enganos, sem escrúpulos e sem remorsos. Outro? Muitos outros. Lazarillo de Tormes, El Buscón, Guzmanillo de Alfarache. Esses e mais alguns. Também encontramos entre os contos de Malasarte as deformações sarcásticas do Decameron, com o anti-herói Chichibio.

O povo aceitou, acolheu o personagem Malasarte, trabalhou subterraneamente no aperfeiçoamento da sua feição principal de perpétua negaça. Todas as histórias do ciclo tomaram um caráter escapista. Acontecem, evidenciando a artimanha e a solércia. Tangenciam a marginalidade e acabam estabelecendo a vitória *do fraco, pela fuga bem-sucedida. E ainda mais, confirmam o ideal do fraco, que é sempre tirar vantagem.*

[...] As histórias droláticas satisfazem plenamente o povo, pois que o pícaro, de certa maneira, é ainda o justiceiro. [...] Embora se fale muito em aventuras de Pedro Malasarte, não se trata de aventuras no sentido que se imprime à coisa aventura e à palavra aventura. São as batalhas cotidianas, na grande guerra pela sobrevivência. Na luta incessante para escapar do destino de comida, pois que se trata de um estágio em que o homem é devorado, é material entre os dentes da engrenagem social. Destino de vítima, de pobre, de anônimo.

O Malasarte escapou do anonimato. Não é o herói sem nome, embora pertença à massa de base da sociedade. Passou a personagem, a superpessoa. Não é filho de Fulano, nem filho d'algo, é o Más Artes. Ele é precisamente aquilo que faz.

São estas algumas variações do nome, respigadas em publicações especializadas da América Espanhola: no Chile — Pedro Urdemales, Pedro Urdemale, Pedro Urdimales, Pedro Urdimale, Pedro Urdimal, Pedro Ulimán, Pedro Animales.

Quase repetindo o nome de Urdemales da Espanha, há o Pedro de Ordimalas da Argentina. Mas já o chamaram Cazador de Perdices e de Malasarte Fura-Vida. Tudo que o define.

Para pingar um ponto-final nessa questão do nome, vejamos a questão ortográfica. O que está mais próximo da origem é Pedro de Malas Artes, faltando somente justapor. Não é necessário chamar os mestres para abono dessa grafia. No mais é condescender com a apócope do "s" final, que tal é a ortoepia popular.

O moinho mágico

Era uma vez um compadre pobre que foi à casa do compadre rico, numa véspera de Natal, pedir qualquer coisa para as crianças, que tinha deixado em casa sem o que comer. Vai então o rico e o manda para o inferno. O pobre pensou: "Pois eu vou. Quem sabe se lá encontro alguma coisa?". No caminho, encontrou Nossa Senhora, que ensinou:

— Quando chegar ao inferno, pegue a primeira coisa que encontrar atrás da porta e fuja.

O que ele encontrou foi um moinho mágico, que moía tudo quanto ele quisesse. Em pouco tempo, ficou rico. O outro compadre, que andava de olho grande em tudo quanto ele fazia, perguntou como tinha se arrumado e o bobo contou. Vai então o rico e pede o moinho emprestado. "Só para fazer uma experiência", explicou, mas já estava com a má intenção de não o devolver mais. Nem bem pegou o moinho, começou a moer dinheiro, a moer, a moer, e como não sabia fazer a máquina parar, quase se afogou no dinheiro. Foi correndo entregar o moinho ao compadre. E a coisa foi indo assim, até que um dia um homem roubou o moinho mágico e o levou para longe, num navio. No meio do caminho, acabou o sal e o homem foi mandar o moinho fabricá-lo. Quando mandou parar, não adiantou. O sal ia subindo nos montes, por dentro do navio, e, quando já estava em tempo de a embarcação ir ao fundo, o homem desesperado atirou o moinho ao mar. Ele está lá no fundo, moendo sal até hoje; por isso é que o mar é salgado, e, por mais sal que se tire de dentro dele, sempre se encontra mais.

Quem planta vento...

Numa povoação às margens de um rio, havia uma igreja branca, logo depois da ponte, esta comprida, estreita, com grades dos lados e grandes arcos brancos. Os habitantes, gente sem malícia e sem ressentimentos, viviam da pesca, e, se não havia ricos que ali construíssem mansões, também não havia pobres a quem faltassem o pão e o sal. Cidadezinha entre morros, e num deles ficava o cemitério. E foi um dia, o coveiro, ao escavar uma sepultura, para enterrar outro cristão, deu com o corpo ainda bem conservado de um homem moço, de barba avermelhada pelo contato com a terra. As roupas, ao serem tocadas, se desfaziam, e o defunto aparecia rígido e reto, leve e duro, como madeira ressequida.

Consultado sobre se deveriam enterrá-lo outra vez, o velho padre balançou a cabeça branca e respondeu:

— Ponham-no atrás da porta da igreja. Quem sabe lá por que Deus nos quer experimentar assim?

Ninguém entendeu o que ele quis dizer, nem ele explicou, pondo-se a resmonear em seguida umas rezas, desfiando o rosário pelo resto do dia.

O coveiro pediu roupas decentes emprestadas ao senhor juiz, calças cinza, camisa de linho branco, uma solene sobrecasaca, sapatos de polimento, e colocou o corpo-seco assim, atrás da porta principal da igreja.

No começo, os curiosos iam para ali ver o homem morto, com seu olhar perdido e a barba em ponta. Dentro em pouco, em parte porque ele vinha de um túmulo muito antigo e ninguém lhe sabia o nome, a que família pertencia ou quando morrera, esqueceram-no e o deixaram entregue à solidão. E assim muito tempo se passou.

Morreu o velho padre, morreu o velho sacristão, um sacerdote de fora veio para o lugar e nada sabia dos seus mistérios. Chamou para acolitá-lo um moço dali e esse nada ouvira das histórias de outrora.

O padre novo começou o seu ministério com uma festa. Mandou que as solteironas arranjassem com flores e fitas os andores dos santos e logo no domingo deveria sair à rua uma procissão com as imagens alinhadas, ladeira abaixo, a fila das zeladoras do Coração de Jesus, todas de preto, com fitas vermelhas ao pescoço, e a dos cruzados, e a dos marianos, e das filhas de Maria, tudo luzindo e vibrando e cantando, ao atravessar a longa ponte pernilonga sobre o rio, em direção à cidade.

— Bem de tardezinha, depois das cinco — frisou o jovem padre —, quando estiver escurecendo. Os irmãos da opa com os tocheiros acesos — avisou ainda. — As crianças com lanternas. E os mais velhos com velas. Tudo muito bonito, para honra e glória do Senhor.

E isso se fez.

À saída da procissão, badalavam os sinos, alegre burburinho se ouvia no adro e no largo em frente, e foi a vez de distribuírem os tocheiros. O sacristão os foi entregando um a um às mãos calejadas de homens graves, compenetrados da solenidade da hora. Acesos, brilhavam com uma chama alaranjada no fundo violeta da tarde, tão serena que parecia ouvirem-se tatalar asas de anjos, no céu onde a primeira estrela, Vésper, tremulou. Os homens foram se chegando, um após o outro, todos, e todos, servidos, até que não havia mais ninguém, cada qual se pôs no lugar, na procissão e sobrou um tocheiro. Com ele na mão, o sacristão olhou para os lados, à procura, e deu com os olhos no estranho de barba em ponta, atrás da porta.

— Falta o senhor — disse ele, gentilmente, e estendeu para o homem o último tocheiro.

O homem deu um passo para a frente, segurou firme entre os dedos que pareciam madeira seca o longo cabo envernizado, esperou que se acendesse no alto a tocha, de dourada chama, e saiu. Andava um pouco duro, as pernas tinham se desacostumado do seu ofício. Ele não olhava para lado nenhum. Nada havia nele de chamar a atenção. As roupas do juiz lhe assentavam e em verdade os homens do lugar não estavam muito na moda também. Os sapatos de verniz preto, muito lustrosos, defunto e esquecido juiz, batiam na terra, *pan, pan, pan*, compassadamente, e ele lá se foi acompanhando a procissão. Não voltou à tarde e ninguém deu por isso. O sacristão recolheu os tocheiros das mãos dos fiéis, contou-os, estavam certos. E tudo continuou como de costume na cidadezinha pacata.

Um belo dia, o sacristão foi fazer uma viagem, e longe dos seus pagos o cavalo passarinhou e rolou com ele numa pirambeira. Escapou de morrer por milagre, mas não podia subir o barranco escarpado, e por ali não passava vivalma. Lá em cima, o céu era de um azul nítido e profundo. Aves traçavam círculos quase nas nuvens. O sacristão, a cada vez que tentava subir, rodava até o fundo, com as unhas cheias de terra. Resignara-se a morrer de fome e de sede, abandonado ali, quando um homem se debruçou no alto e perguntou:

— Você se lembra de mim?

— Não — disse ele.

— Sou aquele que carregou o último tocheiro da procissão. Fique aí e espere. Quando bater uma ramada no seu rosto, agarre firme no ramo e feche os olhos. Não tenha medo.

Disse e sumiu. O sacristão esperou que mais esperou. Já de tardezinha, nas ave-marias, e quando o medo principiava a tomar conta dele, um toque como de folhas o acariciou de leve nas faces. Agarrou com força e fechou os olhos. Num segundo estava no ar, e logo em seguida sentiu que descia vagarosamente. Abriu os olhos e estava diante da igreja da sua cidade.

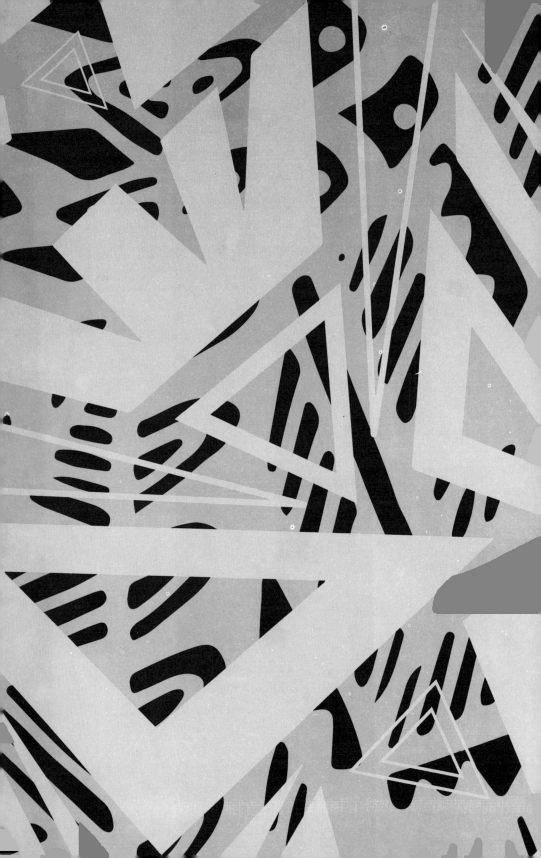

SOBRE OS CONTOS: CONFRONTOS E NOTAS

Marco Haurélio

MASTRILHAS

Logo no conto que abre a antologia deparamos essa dupla pertença, esse equilíbrio entre a contadora de histórias e a artesã da palavra que foi Ruth Guimarães. A história de Mastrilhas, contada a partir do fim da vida, retratando um salteador a caminho do patíbulo, com "pés pesados", fustigado pelo sabre dos soldados ao tempo em que era justiçado "entre urros da população", ecoa os versos de Bocage, no soneto dirigido a "Um condenado à morte", cujo nome a história não guardou:

> Ao crebro som do lúgubre instrumento
> Com tardo pé caminha o delinquente;
> Um Deus consolador, um Deus clemente
> Lhe inspira, lhe minora o sofrimento.
>
> Duro nó pelas mãos do algoz cruento
> Estreitar-se no colo o réu já sente;
> Multiplicada a morte, anseia a mente,
> Bate horror sobre horror no pensamento.

Olhos e ais dirigindo à Divindade
Sobe, envolto nas sombras da tristeza,
Ao termo expiador da iniquidade.

Das leis se cumpre a salutar dureza;
Sai a alma d'entre o véu da humanidade,
Folga a Justiça, e geme a Natureza!*

Mas o terrível Mastrilhas, cujo corpo já pendia na forca, tem reveladas, então, qualidades outras, certamente esquecidas durante o julgamento que precedeu sua execução. Outro Mastrilhas vai sendo deslindado, aos poucos, por atores secundários, que por ele choram, afinal, a história tem outro lado, ao qual a Justiça, conveniente, cerrou os ouvidos. Mastrilhas, devoto de São José, será recusado pelo Demônio, e terá sua entrada no céu barrada pelo divino chaveiro, São Pedro. A partir daí, formar-se-á um mandu no Reino da Luz, com São José assumindo a função de advogado daquele que, em vida, lhe rendera sincero culto, diante do Senhor, juiz justo, mas severo.

O conto assume, a essa altura, ares de auto popular, com vestígios dos tribunais celestes do imaginário medieval, julgamentos em que, geralmente, Maria, "advogada nossa" da oração Salve-Rainha, defende os pecadores ante o Diabo,

* Veja-se MESQUITA, Ary de. *O livro de ouro da poesia universal*. Rio de Janeiro: Ediouro, 1988, p. 271.

• SOBRE OS CONTOS: CONFRONTOS E NOTAS •

acusador obstinado. Esse é o mote, por exemplo, do folheto de cordel *O castigo da soberba*, escrito por Silvino Pirauá de Lima (1848-1913), que Ariano Suassuna reaproveitará, com o mesmo título, num entremez popular, em 1952, e depois no *Auto da Compadecida* (1955). Mas o Diabo não deu as caras no julgamento de Mastrilhas, e coube a São José o papel de advogado e, quando os argumentos parecem não bastar, de *trickster*, ameaçando abandonar o céu, levando consigo todos os que lhe são caros.

A história integra o *Catálogo dos contos tradicionais portugueses*, de Isabel Cardigos e Paulo Correia,* baseado na tipologia internacional de classificação de contos Aarne-Thompson-Uther (ATU), sob o número 850, *José e Maria ameaçam abandonar o céu* (*Joseph and Mary Threaten to Leave Heaven*), no bloco "O homem no Paraíso". O *Catálogo* menciona apenas duas versões registradas na área lusófona, "Para grandes males..."** e "O Mestrila".*** "Mestrila" é, naturalmente, corruptela de "Mastrilhas", valendo "más trilhas", caminho errado, escolha equivocada etc.

---

* CARDIGOS, Isabel; CORREIA, Paulo. *Catálogo dos contos tradicionais portugueses*. Faro: CEAO da Universidade do Algarve/ Porto: Edições Afrontamento, 2015.

** *In*: DOMINGUES, Donato. *Um cabaz de anedotas*. Lisboa: Editorial Notícias, 2003.

*** *In*: SOROMENHO, Alda da Silva; SOROMENHO, Paulo Caratão. *Contos populares portugueses: Inéditos*. Lisboa: Instituto Nacional de Investigação Científica; Centro de Estudos Geográficos, 1984.

O LADRÃO GAIÃO

Convergem, para esse conto, além de uma personagem lendária, dois assuntos distintos: o da alma da criança que precisa recolher água pura, sendo, de acordo com o sistema de classificação ATU, o tipo de conto 769 (*Child's Grave*), e o do eremita alimentado pelos anjos (parte IV do tipo 756B: *O contrato do Diabo*). As versões portuguesas apresentam, quase sempre, a história de um pacto com o Diabo, no qual um pai negocia a alma do filho ainda não nascido. Crescido, o menino vai para o inferno tentar desfazer o contrato, no que é ajudado por uma velha (Nossa Senhora), que lhe dá uma vara ou um amuleto que afasta os demônios. No inferno, recupera o contrato por ordem do próprio Lúcifer, que ameaça o demônio que o detém com a cadeira reservada ao ladrão Gaião. De volta, numa fonte, é assaltado por um homem que vem a ser o dito Gaião, ao qual conta o que vira no inferno, fazendo com que o ladrão se arrependa e repense seu caminho. Morrendo o ladrão, vai para o céu. Um homem que havia três anos era alimentado pelas mãos de um anjo, depois de dois dias a esperar pelo mensageiro celeste, e sabendo que o motivo da demora havia sido a festa pela entrada, na Glória, do famoso ladrão, compara sua vida santa à vida criminosa do facínora, e, por julgar-se já salvo, acaba por perder-se.*

---

* Veja-se BUESCU, Maria Leonor Carvalhão. "O homem que vendeu uma alma ao diabo". *Monsanto: Etnografia e Linguagem*. 2. ed. Lisboa: Presença, 1984. *In: Catálogo dos contos tradicionais portugueses*, op. cit., pp. 391-2.

SOBRE OS CONTOS: CONFRONTOS E NOTAS

Nos domínios da lenda, o ladrão Gaião era um salteador de estatura espantosa, derivando o seu nome de Gayant, gigante francês ao qual alude João Ribeiro,* que o associa, ainda, a Galalão, forma portuguesa de Ganelon, personagem da gesta carolíngia de comprovada bravura, mas que sucumbiu à cupidez. Figura ainda numa lenda local, a da torre do Gigante Gaião, localizada em Pereiro, freguesia de Areias, pertencente ao concelho de Ferreira do Zêzere, região de Santarém. Derivaria do alcaide de Santarém, Guião, que viveu no século XII, rapinador insaciável e usurário, cuja estatura incomum, associada à cupidez, teria se degenerado na lenda do ladrão que, mesmo depois da morte (teria sido morto por um anão, o qual matou em seguida, caindo sobre ele), continuou a assombrar os supersticiosos, que evitavam os sítios que foram testemunha de suas ações depravadas. Acreditamos que o episódio de redenção do fora da lei, preservado na versão de Ruth Guimarães, deva-se a um diálogo aberto com outra lenda, a de Roberto da Normandia, Robert le Diable, ou, como Portugal a conheceu, Roberto do Diabo, tornado Roberto de Deus, depois de um encontro com um anjo e da penitência imposta por um eremita.

---

* Cf. RIBEIRO, João. *O folclore*. Rio de Janeiro: Organização Simões Editora, 1969, pp. 123-4.

O NATAL DE IÃO POLACO

A contística popular não vive somente de histórias de salteadores redimidos, avatares de São Dimas, o Bom Ladrão. Há outras figuras, igualmente cativantes, por seu desprendimento, a devoção sincera e o desapego, como é o caso deIão Polaco, semelhante ao ladrão Gaião na estatura, mas diverso no caráter, já que nos é apresentado, desde o início, como personagem simpática, embora envolvida nas brumas do mistério. Além de sua altura desproporcional, assustando crianças e repugnando adultos com sua fala truncada, o fato de não ir à igreja manchava ainda mais a sua imagem junto à populaça. A história, em sua estrutura profunda, liga-se ao tipo ATU 756A (*A arrogância do virtuoso*), no qual um eremita, ao desprezar um soldado à beira da morte, terá de penitenciar-se. Alcançará o perdão divino somente quando o seu bordão florir.

Outras variantes tratam de um religioso que é assaltado por ladrões para os quais conta a sua história, e, convertendo-os, vê florir seu bordão. O bordão florido é o emblema da graça, sinal de que a misericórdia divina deve ser buscada em todos os momentos, como demonstra a lenda piedosa do bordão de São José. Ressalve-se, ainda, a lenda de Bamba, lavrador que se torna rei dos godos em cumprimento de uma profecia.

SÃO LOURENÇO, BARBA DE OURO

São Lourenço protege-nos contra queimaduras porque, segundo a tradição, em seu martírio, morreu assado numa grelha, sob o imperador Valeriano, no ano 258 d.C. É dele o vento que ajuda a espalhar o fogo durante a queimada do aceiro, feita geralmente em agosto, antes da estação chuvosa. Há uma invocação para aplacar tempestades entoada por canoeiros, a mesma para chamar o vento durante as coivaras, conforme informa-nos Frei Chico: "Chega, meu São Lourenço,/ Barba de Ouro,/ coração de vento!".* O mestre Câmara Cascudo testifica a respeito desse atributo divino: "São Lourenço é o Éolo cristão. Guarda e comanda os ventos. Quando os sopros são precários e bem inferiores às necessidades rurais, dirigem o requerimento oral, bem alto: 'São Lourenço! Solte o vento!'. Reforçam a petição com três assobios longos e finos, sem modular".** No conto "São Lourenço, Barba de Ouro", o impaciente sitiante pagará caro por substituir o epíteto do título por outro absoluto desonroso.***

---

* POEL, Francisco van der (Frei Chico). *Dicionário da religiosidade popular.* Curitiba: Nossa Cultura, 2013, p. 989.
** CASCUDO, Luís da Câmara. *Tradição, ciência do povo.* São Paulo: Global, 2013, pp. 31-2.
*** O conto foi originalmente publicado em *Os filhos do medo*, Porto Alegre: Globo, 1950, p. 10.

OS GRÃOS DE MILHO

O protagonista do conto "Os grãos de milho" era, certamente, mais bem-afortunado que o do anterior, ao menos em termos de garantir uma boa colheita. Sua devoção contava-se pelas muitas garrafas às quais acrescentava um grão de milho a cada missa frequentada. Quando, por um desses desacertos que testam não apenas a fé, mas a paciência das pessoas devotas, ele, por ter chegado atrasado ao culto, deposita apenas a metade de um grão, malgrado o seu esforço. Ao morrer, vai ter à porta do céu, onde é recebido por São Pedro, convencido de que, por todos os grãos acumulados por muitos anos, o ingresso no paraíso era certo. São Miguel, o Anúbis católico, convocado por São Pedro, pesa-lhe os pecados. Ao final, aprendemos que de onde menos se espera é que vem nossa redenção. É o ATU 809* (*Rich man allowed to stay in Heaven*). Em outras versões, um fazendeiro dá a um mendigo (Jesus Cristo sob disfarce) um saco ou uma poção de trigo e ainda permite que um criado o acompanhe. Na estrada, veem passar um cão ou gato preto em perseguição a um coelho. O animal perseguidor é o Diabo; e o coelho, a alma do avarento. Jesus começa a pesar os prós e os contras e, ao final, por três grãos de trigo, a alma do avarento é salva.*

* CARDIGOS, Isabel; CORREIA, Paulo, op. cit., p. 411.

• SOBRE OS CONTOS: CONFRONTOS E NOTAS •

O SERROTE DE SÃO JOSÉ

Falando no Diabo... Nas ocasiões em que se apresenta como antagonista de um santo, o Sujo sempre se sai mal, a exemplo desse conto de cariz etiológico. Integra o ciclo do demônio logrado, classificado como ATU 1163 (*The Devil is tricked into revealing a secret*). Similar à versão de Ruth Guimarães é o conto português "A invenção da trava na serra", descoberta pelo Diabo,* recolhido por José da Silva e publicado em 1887.

A PROTEÇÃO DE SANTO ANTÔNIO

Jocosidade também é a marca desse conto, no qual o grande orago português põe termo à mandriice de uma família ao descobrir que sempre era invocado para justificar a pasmaceira, perpetuar a preguiça, o comodismo. A graça está em retratar "o santo dos milagres" simplesmente abdicando de seu culto para que a prosperidade floresça do trabalho honesto, e não da devoção desvirtuada.

* "Variante: o Diabo decide pregar uma partida a São José dobrando-lhe os dentes da serra. Acontece que, assim, a serra começou a cortar muito melhor." In: CARDIGOS, Isabel; CORREIA, Paulo, op. cit., p. 546.

131 •

QUEM VÊ CARA...

O próximo conto, que se ampara no conhecido dito popular, ou em parte dele, "Quem vê cara...", funde dois tipos bem conhecidos que, normalmente, costumam ser narrados em separado. O primeiro, fartamente documentado em antologias portuguesas e brasileiras, inclusive naquelas que dei a lume, tem como tema central a hipocrisia, contrapondo, em seu enredo, São Pedro, com sua credulidade ingênua, a Jesus, a encarnação da prudência e da temperança. É o ATU 756D* (*Who is the more devout?*). Aluísio de Almeida, em *142 histórias brasileiras colhidas em São Paulo*, no conto "Malazarte abandona Nosso Senhor e São Pedro", traz a curiosa participação do pícaro Pedro Malazarte na função do companheiro teimoso. Explica-se pelo volume de contos espalhados pela Europa, protagonizados por São Pedro, retratado sempre com excesso de qualidades e defeitos humanos, que naturalmente convergiram para o ciclo de Pedro de Urdemales ou Pedro Malasartes (Malazarte). O burlão, por não compreender como Jesus prometera a Glória a uma moça que dançava, feliz, e o inferno para uma velha devota (mas só da boca pra fora), "abriu o ponche pelo mundo".* Em qualquer das

* ALMEIDA, Aluísio de. *142 histórias brasileiras colhidas em São Paulo*. São Paulo: Departamento de Cultura, Separata da Revista do Arquivo, n. CXLIV, 1951, p. 214.

• SOBRE OS CONTOS: CONFRONTOS E NOTAS •

versões, o conto-tipo é uma paráfrase popular da história do fariseu e do publicano (Lucas 18:9-14).

A segunda parte, que poderia trazer o complemento do ditado, "... não vê coração", reaproveita as personagens para, por assim dizer, aplicar uma dolorosa lição em São Pedro. Classificada como ATU 791 (*Christ and St. Peter in Night-Lodgings*), mesmo arrolada entre as narrativas pias, é uma facécia com pancadaria digna de teatro de bonecos. Divulguei duas versões, "Jesus, São Pedro e os jogadores", de *Contos e fábulas do Brasil* (Nova Alexandria, 2011), e "O azar de São Pedro", de *Contos e lendas da Terra do Sol* (Paulus, 2019), que se somam a outras dezesseis, já catalogadas, incluindo três curiosos exemplares registrados por Xidieh ("Pouso em casa de rico", "Pouso em casa de jogador" e "Pouso em casa de bagunça").

NO COMEÇO DO MUNDO

Conto que, curiosamente, mais se aproxima das narrativas míticas. Também classificável segundo o sistema ATU sob o número 773, *Deus e o Diabo competem durante a criação*, aparece, em muitas coletâneas, incluindo a mais clássica de todas, *Kinder und Hausmärchen*, dos irmãos Grimm. Na versão de Íside M. Bonini, o conto foi traduzido como "Os animais do Senhor e os animais do Diabo",* mas, a par do título, o Tinhoso cria apenas um bicho, o Bode, para competir com o Lobo, escolhido por Deus para vigiar os outros animais. Explica-se, por meio do conto, a razão de o bode ter a cauda curta (criado com uma cauda longa, vivia se emaranhando nos espinhos e o Diabo arrancou-a a dentadas). O conto justifica ainda a rivalidade entre lobos e bodes e o fato de os bodes terem olhos iguais aos do Diabo.

Aluísio de Almeida, em "De como apareceu o morcego no mundo", revela a origem do temível mamífero, quando o "Chifrudo", com inveja dos muitos pássaros criados pelo Senhor, tentou imitá-lo: "Saiu um bicho que nem rato, muito feio, quando foi cantar soltou uns guinchos, de dia não pôde voar, de noite estendeu as asas pretas e saiu chupando sangue. Fazendo emagrecer as crianças. É o morcego".** Nota-se, não apenas nesse conto, que Ruth Guimarães, fiel à matriz popular, não abdica de sua verve de etnógrafa, fixando os apelativos do Diabo, por ela inventariados, ainda no final da década de 1940, quando de sua pesquisa de campo que redundaria em *Os filhos do medo*, dedicando, inclusive, um ensaio ao tema, "Animais do Diabo".***

---

* GRIMM, Irmãos. *Contos e lendas dos Irmãos Grimm*. Tradução de Íside M. Bonini. São Paulo: Edigraf, 1961, vol. VI, pp. 35-6.
** ALMEIDA, Aluísio de, op. cit., p. 289.
*** GUIMARÃES, Ruth. *Os filhos do medo*. Porto Alegre: Globo, 1950, pp. 142-44.

• SOBRE OS CONTOS: CONFRONTOS E NOTAS •

A MULHER QUE QUERIA SER IMORTAL

A busca pela imortalidade é um motivo tão antigo, encontrado já na *Epopeia de Gilgámesh*, sendo, por assim dizer, a razão de ser do poema. A mitologia grega traz o exemplo infeliz de Titono, amado de Aurora, que recebeu o dom da imortalidade, mas não o da eterna juventude, terminando por reduzir-se a uma massa amorfa até ser transformado no primeiro gafanhoto. Imaginamos um destino semelhante para a protagonista do conto "A mulher que queria ser imortal", lembrando os Struldbruggs, o povo que nunca morre, descrito por Jonathan Swift no capítulo 9 das *Viagens de Gulliver*. Tais pessoas nascem com uma pinta vermelha na testa, sinal da imortalidade, e até os trinta anos levam uma vida relativamente normal, sendo tomadas, daí por diante, por crescente melancolia. Depois dos oitenta anos, passam a invejar os mais jovens e os que podem morrer.

A TEIA DA ARANHA

Curiosa narrativa miscelânica, unindo um conto de animais, o tipo 106 (*Animals' conversation*), adequadamente enquadrado no gracioso cenário da Natividade, com o ciclo da fuga para o Egito (ATU 750E), no qual a sagrada família, fugindo à perseguição dos soldados do rei Herodes, contará com a ajuda de alguns animais que, por isso, acabam sendo abençoados. O tipo do ATU 967 (*The man saved by a spider web*) foi divulgado por Luís da Câmara Cascudo, "Como a aranha salvou o menino Jesus",* e por mim, "O príncipe, a mosca e a aranha",** sem a presença das sagradas personagens.

MALAZARTE E O MILAGRE DE JESUS

Outro conto miscelânico que funde histórias distintas (ATU 753, *Christ and the Smith*, e ATU 330, *The Smith and the Devil*), conectadas pela presença do ferreiro, personagem misteriosa, ambivalente, divinizada e temida em muitos sistemas mitológicos. A novidade é a caracterização de Malazarte como tal, incomum, mas não improvável, como demonstra a autora deste livro no alentado estudo *Calidoscópio: a saga de Pedro Malazarte*, em especial a terceira parte, que trata do Malazarte mítico, da qual essa versão foi

* CASCUDO, Luís da Câmara. *Contos tradicionais do Brasil*. São Paulo: Global, 2004, pp. 252-3.
** HAURÉLIO, Marco. *Contos folclóricos brasileiros*. São Paulo: Paulus, 2010, p. 81.

extraída e em que ainda se podem ler outras variantes. A imitação com consequências desastrosas, referida em nota pela autora,* presente no mito grego de Pélias, é a base do conto-tipo "Cristo e o ferreiro" em todas as versões, incluindo a clássica dos irmãos Grimm, "O fogo rejuvenescedor". Já a segunda parte, "O conto do Diabo e do ferreiro", de cariz maravilhoso, corre pelo mundo em incontáveis versões, fundindo-se, por vezes, à história de João Soldado, popularíssima em Portugal e também no Brasil, graças a um folheto de cordel de autoria de Antônio Teodoro dos Santos, *João Soldado, o valente praça que meteu o Diabo num saco*. O estratagema para entrar no céu e o castigo infligido a Malazarte, a tarefa que nunca acaba, aproxima-o de Sísifo, relação já estabelecida na burla à Morte ou ao Diabo, que amplia seus dias na terra mediante o aprisionamento do doador mágico.

O MOINHO MÁGICO

Pertence à seção dos *Contos maravilhosos*, ATU 565 (*The Magic Mill*), *Objetos mágicos* (tipos 560-649). É um conto etiológico que explica o porquê de o mar ser salgado; curiosamente,

* GUIMARÃES, Ruth. *Calidoscópio: a saga de Pedro Malazarte*. São José dos Campos: JAC Editora, 2006, p. 289.

o Diabo aparece, por vezes de forma involuntária, no papel de doador mágico.

QUEM PLANTA VENTO...

Descerrando as cortinas, e fazendo jus ao conjunto a um só tempo diverso e harmonioso, o belíssimo conto "Quem planta vento..." também traz no título um dito popular incompleto, à guisa de gancho narrativo, dando a entender que há um pacto estabelecido com o leitor/ouvinte. À primeira vista, parece inserir-se no conjunto de contos do ATU 470, mais precisamente ao subtipo A (*O morto ofendido*), em que um gaiato, fazendo pouco-caso de uma caveira, convida-a para jantar, motivo presente na lenda de Don Juan. Um giro notável, no entanto, faz com que a história se enquadre no ciclo do *Grateful Dead* (ATU 505), obviamente como variante, desviando-se muito do tipo-padrão.

Sobre esse tipo, que integra o rol de narrativas populares com ajudantes sobrenaturais, escreveu o mestre Stith Thompson:

O ajudante em um notável grupo de contos europeus e asiáticos é uma pessoa misteriosa conhecida como o morto agradecido. A cadeia de circunstâncias pela qual esse

• SOBRE OS CONTOS: CONFRONTOS E NOTAS •

ajudante se une ao herói e certos detalhes de sua experiência posterior são tão uniformes e bem articulados que formam um motivo facilmente reconhecível, ou melhor, um aglomerado de motivos. Esse fato causou alguma confusão nos estudiosos, que não distinguiram suficientemente entre tal motivo e todo o conto do qual constitui apenas uma parte importante.

Embora esse grupo de motivos apareça esporadicamente em um número considerável de contos nos quais possa substituir outros ajudantes, há cerca de meia dúzia de contos, alguns deles obviamente variando formas da mesma história, em que o morto agradecido sempre desempenha o papel principal.*

* In: THOMPSON, Stith. *The Folktale*. University of California Press, 1977, p. 50. Trecho traduzido por Marco Haurélio.